# DER HEISSESTE DADDY
## EIN GEHEIMES BABY, ZWEITE CHANCE LIEBESROMAN

## JESSICA FOX

# INHALT

| | |
|---|---|
| Klappentext | 1 |
| Prolog | 3 |
| 1. Kapitel Eins | 9 |
| 2. Kapitel Zwei | 16 |
| 3. Kapitel Drei | 34 |
| 4. Kapitel Vier | 43 |
| 5. Kapitel Fünf | 55 |
| 6. Kapitel Sechs | 69 |
| 7. Kapitel Sieben | 79 |
| 8. Kapitel Acht | 93 |
| 9. Kapitel Neun | 109 |
| 10. Kapitel Zehn | 123 |
| 11. Kapitel Elf | 127 |
| 12. Kapitel Zwölf | 133 |
| 13. Kapitel Dreizehn | 140 |
| 14. Kapitel Vierzehn | 149 |
| 15. Kapitel Fünfzehn | 156 |
| 16. Kapitel Sechzehn | 167 |
| 17. Kapitel Siebzehn | 175 |
| 18. Kapitel Achtzehn | 184 |
| 19. Kapitel Neunzehn | 197 |
| 20. Kapitel Zwanzig | 209 |
| 21. Kapitel Einundzwanzig | 218 |
| 22. Kapitel Zweiundzwanzig | 226 |
| 23. Kapitel Dreiundzwanzig | 234 |

©**Copyright 2020 Jessica Fox Verlag - Alle Rechte vorbehalten.**
Das Werk, einschließlich aller seiner Teile, ist urheberrechtlich geschützt. Jede Verwertung ist ohne Zustimmung des Verlages und des Autors unzulässig. Dies gilt insbesondere für die elektronische oder sonstige Vervielfältigung. Alle Rechte vorbehalten.
Der Autor behält alle Rechte, die nicht an den Verlag übertragen wurden.

❀ Erstellt mit Vellum

# KLAPPENTEXT

## (Sunday)

Ich habe alles zurückgelassen, um mein eigenes Leben zu retten. Alles.
Womit ich nicht gerechnet habe, war ihn zu finden ...
River Giotto, der attraktivste, heißeste Mann, den ich je getroffen habe.
Ich habe meinen Körper nicht unter Kontrolle, wenn er in der Nähe ist, ich sehne mich nach seiner Berührung, seinen Lippen auf meinen, seiner Haut auf meiner Haut ... seinem Schwanz tief in mir.
Ich habe vielleicht meine Identität verloren, aber ich habe die Liebe meines Lebens gefunden ...
Ich hoffe nur, niemand nimmt ihn mir weg.
Oder mich ihm.

\*\*\*

**(River)**

Kaum war mein Leben in die Brüche gegangen, kam Sunday in mein Leben.
Gott, ich kann nicht aufhören, an sie zu denken, an ihr Gesicht, ihr Haar, ihren schönen, kurvigen Körper ... an die Art, wie sie meinen Namen stöhnt, wenn sie kommt ...
Sie ist jetzt mein Leben, mein ganzes Leben und nichts und niemand wird uns daran hindern, zusammen zu sein ...
Nichts ...

## PROLOG

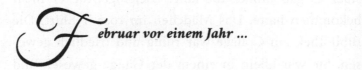

*Februar vor einem Jahr ...*

Er schloss die Augen und hörte auf ihre Stimme, so wie er es immer tat, wenn sich die Kamera von ihr zum Gast bewegte oder zu einer B-Rolle der Geschichte, von der sie erzählte. Er wollte nichts von einer weiteren Schulschießerei erfahren oder von Kätzchen, die aus einem Abwasserkanal gerettet wurden. Nur sie. Sie war alles, weswegen er die Nachrichten sah.

Marley Locke. Ihre weichen, süßen Gesichtszüge, ihr dunkelblondes Haar, das in sanften Wellen bis zu ihren Schultern reichte, ihre Augen so voller Wärme und Empathie.

Diese rosa Lippen. Die Rundungen ihrer Brüste in der eleganten, teuren Bluse.

Gott, er wollte sie. Er hatte sie schon immer gewollt. Seit dem Tag am College, als er die Bibliothek in Harvard betreten und sie gesehen hatte.

Niemand war auch nur annähernd so gewesen wie sie ... niemals. Mit seinem Aussehen, seinem Geld und seiner Position in der Upper East Side von New York hätte er jede haben können und er hatte schon viele.

Aber es gab immer die eine. Diejenige, die er nicht bekommen hatte. Das Mädchen im rosa T-Shirt. Die Bibliothek am College war ruhig und friedlich gewesen. Sie war allein in einem der Gänge gewesen und hatte gelesen. Sie hatte aufgeschaut, als er sich näherte. Sie war klein, schlank und sehr jung gewesen, vielleicht siebzehn, achtzehn. Sie hatte ihn angelächelt. Sie war reizend, nicht nur hübsch, sondern schmerzhaft schön, ihre großen Augen ein tiefes Braun, die rosa Kurve ihres Mundes warm und freundlich. Ihr Haar, eine dunkelbraune Wolke, die ihr fast bis zur Taille reichte, war weich und zerzaust. Sie hatte ihm den Atem geraubt.

Sie war diejenige, nach der er gesucht hatte. Er war auf sie zugegangen.

Und einfach so war sie weg. Eine Stimme hinter ihm hatte sie gerufen und sie hatte ihre als Verabschiedungen gelächelt und war an ihm vorbeigegangen. Weniger als dreißig Sekunden und sein Leben hatte sich für immer verändert.

Und jetzt war sie jede Nacht in seinem Fernseher. Aber heute Abend würde es anders laufen. Er wusste, wo er sie finden konnte; er wusste, wohin er sie bringen musste. Sein Anwesen draußen auf dem Land war abgelegen und sicher. Sie würde lernen, es dort zu lieben.

Er öffnete die Augen, als er hörte, wie der Reporter an Marley zurückgab. Er lächelte, als er ihr schönes Gesicht wieder sah.

*Heute Abend, mein Liebling, heute Abend ...*

Marley schloss die Nachrichten mit einem Lächeln ab und wartete, bis die Kamera ihnen anzeigte, dass sie nicht mehr auf Sendung waren. „Danke an alle." Sie grinste sie an, als das Senderpersonal klatschte. Sie war eine der wenigen Moderatoren, die alle gleich behandelten und immer freundlich und zuvorkommend waren. Marley lachte ihren Applaus ab und ignorierte ihren Co-Moderator, der sich darüber lustig machte.

Ihre Assistentin, Rae, kicherte, als Marley sie packte und herumwirbelte.

„Da ist aber jemand gut gelaunt."

Marley ließ von ihrer Freundin ab und sie gingen zurück in ihre Garderobe. „Darauf kannst du wetten. Das bin ich. Cory holt mich ab und wir werden zwei glückselige Wochen lang nichts als Sonne, Meer, Sand und *schmutzigen*, versauten Sex haben."

Rae lachte. „Ich bin überhaupt nicht eifersüchtig. Kein bisschen. Wirklich nicht."

Marley kicherte. „Es tut mir leid, Boo. Ich sollte mich nicht freuen, aber Gott, ich habe mich schon ewig darauf gefreut."

„Hör zu, du hast es dir verdient. Unter uns, zwischen dir und mir? Ich habe mir Sorgen gemacht, dass du zu hart arbeitest."

„Nein", Marley grinste sie an. „Du weißt, dass ich für die Nachrichten lebe und atme. Übrigens, wo wir gerade Geheimnisse teilen ... wenn ich zurückkomme, werde ich Jerry fragen, ob ich etwas mehr investigativen Journalismus übernehmen kann. Ich liebe es, Moderatorin zu sein, aber ich vermisse es auch, draußen zu arbeiten."

Rae lächelte sie an. Sie war in den Fünfzigern, afroamerikanisch und die Crème de la Crème einer persönlichen Assistentin. Bei ihr und Marley hatte es vor einem Jahr direkt beim ersten Treffen Klick gemacht und seitdem waren sie unzertrennlich. Sie unterhielt sich jetzt mit Marley, während Marley sich

Jeans und T-Shirt anzog und sich fertig machte, um ihren Freund zu treffen. Sie und Cory Wheeler waren seit zwei Jahren zusammen und so verliebt wie eh und je. Marley wusste, dass er der Richtige war mit seiner lustigen und leidenschaftlichen, intelligenten Persönlichkeit, die sie in allem, was sie taten, in seinen Bann zog.

Cory kam kurz darauf an und sie küsste ihn und verweilte in der Umarmung. Er grinste sie an, seine dunkelbraunen Augen fröhlich und lebendig. „Bist du bereit, Baby?"

„Auf geht's, wunderschöner Mann."

Sie hielten Händchen, als sie aus dem Gebäude zum wartenden Taxi gingen und erst als sie ihren Namen hörte, drehte sich Marley um und sah den Mann, der hinter ihnen wartete. Sie begann zu lächeln, ihre automatische Reaktion auf alle Fans, die vor dem Ateliers auf sie warteten.

Dann schien sich die Zeit zu verlangsamen, als sie die Waffe sah. Sie hörte Corys Schrei, hörte den Schuss, sah, wie Corys Brust explodierte. Sie schrie vor Wut, als der Mann die Waffe auf sie richtete und sie stürzte sich auf ihn.

Schmerzen.

Alles wurde schwarz.

. . .

AM MORGEN IM KRANKENHAUS, NACH STUNDENLANGEN Operationen, sagten sie es ihr. Cory war tot und der Mann, der ihn getötet und sie angeschossen hatte, war weg. Verschwunden. In Luft aufgelöst.

Und Marley wusste, dass sie nie wieder die Wärme des Glücks oder das Gefühl, je wieder sicher zu sein, verspüren würde.

## KAPITEL EINS

*in Jahr später ...*

MARLEY LOCKE HÖRTE AUF ZU EXISTIEREN, ALS SIE DIE Nachrichten dieser Nacht mit einem Lächeln auf ihr Publikum und ihrem üblichen fröhlichen Abschied beendete. Sie unterhielt sich wie immer mit Rae, zog sich ihre Kleider an und sagte ihrer Freundin, sie würde sie am nächsten Tag sehen.

Mit dem Stock, den sie nicht mehr brauchte, aber zur Irreführung behielt, humpelte sie zum wartenden Stadtauto hinaus und Marley Locke verschwand.

ALS DAS AUTO, DAS VON EINEM IHRER FBI-BETREUER

gefahren wurde, in die Dunkelheit des Staates New York und zum Unterschlupf hinausfuhr, ließ sie Marley hinter sich und stattdessen wurde an ihrer Stelle Sunday Kemp 'geboren'.

Im Unterschlupf wurde ihr blondes Haar professionell wieder zu ihrem ursprünglichen Dunkelbraun gefärbt, ihre braunen Augen mit violetten Kontaktlinsen bedeckt, ihre Nase durchbohrt, sogar ein kleines Tattoo wurde an ihrem Handgelenk angefertigt.

Dann kam der Privatjet, der sie zu ihrem neuen Zuhause brachte, und sie wusste, dass es das war. Der letzte Moment ihres alten Lebens. Sie zögerte noch einmal, bevor sie in das Flugzeug stieg. Sam, ihr Betreuer, der im letzten Jahr ein guter Freund geworden war, legte eine Hand auf ihre Schulter. „Alles in Ordnung, Sunday?"

*Sunday.* Ihr neuer Name. Sie hatte ihn zu Ehren von Cory gewählt, da sie sich an einem Sonntag getroffen hatten. *Kemp* war der Mädchenname seiner Mutter gewesen. Als sie Cory verloren hatte, hatte sie auch sie verloren. Es war zu schmerzhaft für sie gewesen, sie zu sehen, obwohl Patricia, Corys Mutter, am Krankenbett von Marley gewacht hatte, während sie sich von dem Schuss erholte. Sobald Marley jedoch entlassen wurde, war sie auf sich allein gestellt. Ihre eigene Familie, die seit langem über die ganze Welt verstreut war, hatte Mitleid gezeigt, aber nicht einer von ihnen hatte sie besucht. Rae war ihre Familie gewesen und jetzt musste sie ihre einzige Familie zurücklassen.

Von New York, der einzigen Heimat, die sie je gekannt hatte, zum Kleinstadtleben in den Rockies. Colorado. Vom Nachrichtensprecher zur Schreibkraft von irgendjemandem. Sie hatten eine Stelle bei einem Künstler gefunden, der in einer Kleinstadt bei Telluride lebte, und sie würde ihn am kommenden Montag treffen.

Bis dahin sollte sie in ihrem neuen Zuhause, einer kleinen Wohnung auf der Hauptstraße der Stadt, hoch in den Rocky Mountains, untergebracht werden. Sie hatte nichts von zu Hause mitgebracht, nicht einmal Unterwäsche, außer einem Foto von Cory, das sie in dem Futter ihrer Jacke geschmuggelt hatte.

Das FBI hatte ihr gesagt, sie solle alles zurücklassen, was sie mit ihrem alten Leben in Zusammenhang bringen könnte. „Alles wird für dich bereitgestellt."

Sie hatte sie nach ihrem Geld gefragt. „Du musst alles hinter dir lassen", hatte Sam ihr sanft gesagt. „Wenn du in der Stadt auftauchst, mit Millionen auf der Bank ..."

„Ich verstehe", hatte sie gesagt. Geld hatte keine andere Bedeutung, außer ihr Leben bequemer zu machen; sie hatte noch nie Geld verschwendet. Aber sie hasste es, ihre Bücher, ihr Klavier und vor allem ihre Freunde am Bahnhof zu lassen.

Die Bedrohungen für ihr Leben waren beständig. Er, wer auch immer er war, war unerbittlich, aber sehr gut versteckt. Trotzdem erinnerte er sie ständig daran, dass er in der Nähe war, dass er den Job beenden und sie für ihren 'Verrat' bezahlen würde.

Arschloch. Ihr Magen wogte vor Wut und manchmal wünschte sie sich, dass ihr Stalker sein Gesicht zeigen würde. Selbst wenn er sie töten würde, würde sie zumindest ihre Chance auf Rache bekommen. Das FBI war beunruhigt und als sie sie davon überzeugt hatten, dass sie vermuteten, ihr Angreifer sei jemand, der mit der Mafia verstrickt war, und dass sie ihm nie entkommen würde, hatte sich Marley – Sunday – fast damit abgefunden, jung zu sterben.

Das FBI und insbesondere Sam Duarte hatten sie schließlich überredet, unterzutauchen. „Du hast so viel mehr Leben zu leben", hatte Sam, ein freundlicher Mann in den Vierzigern, ihr gesagt. „Du bist 28 Jahre alt, Schätzchen. Lebe. Lebe, um Corys Andenken zu ehren."

Er hätte es nicht anders formulieren können, um sie zu überreden. Plötzlich klang ein langsameres Leben und die Zeit, um um Cory zu trauern, verlockender als ihre Karriere und New York.

. . .

Im Privatjet lächelte Sam sie an. „Bist du bereit, Sunday?"

Sie nickte. „Ich glaube, jetzt bin ich bereit, Sam. Danke, dass du das alles arrangiert hast, im Ernst. Und für den Job auch. Ich würde verrückt werden, wenn ich nichts zu tun hätte."

Sam klopfte auf ihre Hand. „Ich weiß nicht viel über deinen zukünftigen Arbeitgeber, außer, dass er zurückgezogen lebt. Sehr privat."

„Gut." Sie war erleichtert, das zu hören. Sie wusste, dass ihr neuer Chef ein großes Haus hatte, und hoffte, dass sich ihre Wege nicht so häufig kreuzen würden und dass sie allein gelassen werden würde, um zu arbeiten und nachzudenken.

Der Jet landete in Telluride, dort bekam sie die Schlüssel zu einem gebrauchten SUV. Alles Teil der Masche, wusste sie, aber es war ihr egal. Der Wagen war komfortabel und zuverlässig. Auf der Rückseite befanden sich Koffer mit ihrer neuen Garderobe. Sam stellte sicher, dass sie sich wohl fühlte. „Wir folgen dir in die neue Wohnung", sagte er ihr, „aber halten Abstand, damit wir keine Aufmerksamkeit erregen. Du sollst so aussehen, als wärst du alleine gekommen. Die Wohnung ist möbliert, so dass du dich ziemlich schnell einleben kannst. Im Wagen befinden sich ein paar Taschen mit den Grundnahrungsmitteln. Hast du das Wegwerf-Telefon, das ich dir gegeben habe?"

Sunday griff in ihre Handtasche und hielt es hoch.

„Braves Mädchen. Also, ich melde mich wieder. Behalte das bei dir, aber besorg dir ein neues, das du für deine neuen Freunde hier verwenden kannst."

Sie nickte. „Danke, Sam."

„Du wirst hier sicher sein, Sunday. Ich weiß es."

Sie fuhr in die kleine Bergstadt Rockford und die Hauptstraße hinunter, parkte ihr Auto vor dem kleinen Apartmentgebäude, blieb eine Weile sitzen und orientierte sich. Sie sah mit Erleichterung ein kleines Restaurant, das auch nach 1:00 Uhr morgens noch geöffnet war, eine Tankstelle, ein Lebensmittelgeschäft, das hell erleuchtet entlang der Straße lag, und verschiedene andere kleine Geschäfte. Ein süßes kleines Café befand sich an der Ecke ihres Blocks. Ja. Sie konnte sich vorstellen, sich hier niederzulassen.

Das Auspacken dauerte nicht lange. Die Wohnung selbst war klein, aber komfortabel. Die offene Küche und das Wohnzimmer hatten ein Erkerfenster mit Blick auf die Hauptstraße, mit einem kleinen Tisch und Stühlen darin eingebettet. Ein brandneuer Laptop lag in seiner Box und Sunday war berührt, als sie sah, dass Sam einige ihrer Lieblingsbücher in die Bücherregale gestellt hatte – vielleicht nicht ihre eigenen, gut abgenutzten Exemplare, aber die Tatsache, dass er sich die

Zeit genommen hatte, die Dinge für sie wohnlicher zu gestalten, war eine süße Geste.

Sunday - ihr neuer Name war wirklich gewöhnungsbedürftig - packte ihre Sachen aus und machte sich einen Tee. Es war fast 3:00 Uhr morgens, als sie sich an den kleinen Tisch setzte und über ihre neue Stadt blickte, aber sie fühlte sich überhaupt nicht müde. Stattdessen atmete sie tief durch ... und brach in Tränen aus.

## KAPITEL ZWEI

*A*uf der anderen Seite der Stadt starrte ihr zukünftiger Arbeitgeber auf eine leere Leinwand in seinem Atelier und sah vor seinem geistigen Auge die Farbverwirbelungen, die sie bedecken würden, rosa, blau, lila, grün, gelb. Er konnte beinahe seine Hand ausstrecken und die Textur der Farbe spüren, die er auf seinen Pinsel laden würde.

Das Werk würde lebendig, aufregend sein ... und er würde sehr wenig davon sehen. Die Farben hatten sich vor einigen Monaten verändert und heute erzählte ihm sein bester Freund – und sein Augenarzt – warum.

Er verlor die Fähigkeit, Farbe zu sehen. *Er*, River Giotto, das Wunderkind der Malwelt der letzten Jahre, der natürliche Nachfolger von Rothko oder Hans Hofmann. Gefeiert, gelobt und bewundert – und er verlor seine Farbsicht. Die Grausamkeit des Ganzen raubte ihm den Atem.

„Riv?"

River drehte sich um und sah Luke, seinen besten Freund, in der Tür des Ateliers stehen. „Ich wusste nicht, dass du noch hier bist."

Luke lächelte ihn schwach an. „Ich habe mit Carmen gesprochen. Sie macht sich Sorgen um dich. Wir alle tun das, Riv."

River wandte sich ab und wollte nicht, dass sein Freund den Schmerz in seinen Augen sah. „Ich muss mich nur anpassen." Er seufzte. „Verdammt, Luke, von all den Dingen, die passieren konnten."

„Ich weiß, Kumpel. Schau, du bist erst 36, noch jung. Mit der richtigen Behandlung und Nachsorge gibt es keinen Grund, warum du nicht ..."

„Ich verliere die Farben bereits, Luke. Sie sind nicht so klar oder so satt." Er ging zu einem Stapel Leinwände in der Ecke des Ateliers und fand, was er suchte. „Sieh dir das an. Beim Malen strahlte das Grün, die Rottöne waren prächtig. Weißt du, was ich jetzt sehe? Verwässert. Verblasste Farbe. Es ist nicht das gleiche Gemälde."

„Für alle anderen schon, Kumpel."

River schüttelte den Kopf. „Aber wenn ich nicht

ausdrücken kann, was ich will, so malen, wie ich es getan habe, was für ein Künstler bin ich dann? Was habe ich noch übrig?"

Luke atmete tief durch. „River ... Ich werde das sagen, weil ich dein bester Freund bin, dein Bruder und ich dich liebe. Kunst ... obwohl sie ein Teil von dir sein kann, ist sie nicht alles, was du bist."

River lachte humorlos. „Warum habe ich dann solche Angst, dass es so ist?"

SPÄTER, ALS LUKE WEG WAR UND SEINEN FREUND NICHT mehr aufheitern konnte, ging River in sein Schlafzimmer. Das Haus, ein Kunstwerk selbst, fühlte sich hohl und leer an und schallte vor Stille. Seine Haushälterin Carmen blieb nachts nicht mehr im Haus, weil sie bei ihrem Mann sein wollte, und er konnte es ihr nicht verübeln. Er war für niemanden eine gute Gesellschaft gewesen, seit wer weiß wie lange.

River starrte auf sein Spiegelbild zurück. Seine großen, leuchtend grünen Augen sahen nicht anders aus. Sie waren immer sein bestes Merkmal gewesen, dachte er und jetzt ließen sie ihn im Stich. Seine dunklen, zottigen Locken wucherten wild auf seinem Kopf und ein Dreitagebart zeigte sich auf seinem schönen Gesicht. Zwischen seinen Augen war eine Falte, die ihn zusammen mit seinen kräftigen Augenbrauen stets grüblerisch und unnahbar aussehen ließ, und so zurückgezogen, wie er war, hatte er das zu seinem Vorteil genutzt.

Er hatte sein gutes Aussehen auch genutzt, um mit einigen der schönsten Frauen der Welt zu schlafen, ohne ihnen dabei zu nahe zu kommen. Nur ein einziges Mal und sehr zu seinem Leidwesen hatte er in einem solchen Fall seine einzige Regel gebrochen - nie mit Frauen in seiner Heimatstadt zu schlafen.

Aria Fielding lebte und arbeitete immer noch in Rockford und obwohl River nicht oft den Hügel hinunter in die Stadt ging, fühlte er sich trotzdem wegen der Art, wie er sie behandelt hatte, schlecht. Der Sex war gut gewesen, aber emotional hatte er nichts gespürt. Aria hatte etwas Besseres verdient und nach dem, was er hörte, hegte sie immer noch einen Groll, wie die Dinge zwischen ihnen geendet sind, auch nach fast einem Jahr.

Nun, da sein Sehvermögen nachgelassen hatte, sowohl bei der Sicht als auch im Verblassen der Farben, hatte er sich absichtlich noch mehr zurückgezogen. Sein Vater, ein Mann, den River verehrt hatte, ein italienischer Einwanderer in zweiter Generation, war vor zehn Jahren, fünfzehn Jahre nach Rivers Mutter, verstorben und hatte sein milliardenschweres Vermögen seinem Sohn hinterlassen und nicht seiner bösartigen, viel jüngeren Stiefmutter.

Angelina Marshall-Giotto liebt es, sich als Heilige darzustellen. Als Wohltätigkeitsvertreterin in New York hatte sie nach dem Tod ihres Mannes keine Zeit damit verschwendet, seinen Sohn zu verführen. River, der sie immer verabscheut hatte, wies sie zurück, ohne darüber nachzudenken, und seither hatte Angelina es sich zur Aufgabe gemacht, sein Leben zu zerstören.

Seine Nachlässigkeit, mit einer Frau nach der anderen zu schlafen, war wieder aufgetaucht, um ihn zu jagen, und Angelina hatte dafür gesorgt, dass jeder über seine geheime Tochter Bescheid wusste.

River hatte einen seiner One-Night-Stands geschwängert und Angeline hatte das benutzt, um Geld von River zu erpressen. River hatte sich mit der Mutter seines Kindes getroffen und ihr eine Einigung angeboten. Lindsay, die Frau, hatte ihn abgewiesen. „Ich will dein Geld nicht, River", hatte sie kühl gesagt. „Ich möchte, dass du deine Tochter kennst."

Er hatte sich gesträubt, aber in dem Wissen, dass Angelina eindringen und das Mädchen gegen ihn aufbringen würde, hatte er schließlich zugestimmt.

In dem Moment, als er die fünfjährige Berry getroffen hatte, hatte sich sein Leben jedoch verändert. Das kleine dunkelhaarige Mädchen starrte ihn mit klaren grünen Augen, so wie die seinen, an und River war ihr verfallen. Berry war das Beste in seiner Welt. Er und Lindsay hatten sich auf Sorgerecht und Kindergeld geeinigt, und Angelina ein für allemal aus dem Verkehr gezogen.

Sein einziges Bedauern war, dass Berry die meiste Zeit in Phoenix lebte. Bei ihrem letzten Besuch bei ihm hatte er begonnen, die Veränderungen in seinen Augen zu bemerken. Sie hatte ein kleines Kleid getragen, das er aus Paris mitgebracht hatte. Die Blumen darauf, die eine lebhafte Mischung aus Rot, Orangen und Rosa gewesen waren, sahen für sein Auge plötzlich verblasst aus. Er hatte die Stirn gerunzelt. „Ich schätze, deine Mutter hat das oft gewaschen, was?"

Berry, bereits frühreif, völlig zuversichtlich vor ihrem Vater, schüttelte den Kopf. „Nein, ich trage es nur zu besonderen Anlässen, Daddy."

River hatte das Thema beiseitegeschoben und es vergessen, aber später, als sich seine Bilder zu verändern begannen, hatte er gewusst, dass es etwas Ernstes war.

RIVER LEHNTE SEINEN KOPF GEGEN DAS KÜHLE GLAS seines Fensters und schloss die Augen. *Ich muss raus aus diesem Mist,* dachte er. Berry brauchte ihn. Luke, Carmen ... er müsste versuchen, das Beste aus seiner Situation zu machen, auch wenn ihm das Herz brach. Er seufzte und ging ins Bett.

. . .

AM NÄCHSTEN MORGEN WACHTE SUNDAY EISKALT UND steif auf. Sie stöhnte, rollte aus dem Bett und tastete nach dem Heizkörper. Kalt. *Scheiße.* Ihr unterer Rücken schmerzte – dort war die Kugel in sie eingedrungen und dort befand sie sich auch immer noch – und sie fühlte eine Welle der Übelkeit wegen der Schmerzen. Bei Kälte war es immer schlimmer.

Sie kurbelte die Heizung bis zum Anschlag hoch und machte sich einen Tee, während sie darauf wartete, dass sich die Wohnung erwärmte. In New York waren solche Dinge für sie schon immer erledigt worden.

Sie grinste über sich selbst. So viel zum Thema Verwöhnt. Sunday zog die Bettdecke um sich herum, während sie ihren Tee trank, und bald darauf wärmte sich ihr neues Zuhause auf.

Es war noch früh, kurz nach Sonnenaufgang und als sie sich dem Gang zum Fenster stellen konnte, blickte sie auf die Straßen der Kleinstadt. In ihren Manhattaner Augen sah es malerisch, ja sogar anachronistisch aus, aber sie konnte an den Reihen von Geschäften und Unternehmen erkennen, dass es sich um eine Arbeiterstadt handelte, die nicht so grell war wie ihr nächster Nachbar, Telluride. Sie war noch nie in Colorado gewesen und der Anblick der Berge, des Schnees und der Pinienwälder hatte für sie etwas Magisches.

Es war Februar und der Schnee lag in dichten Haufen an den Straßenrändern. Schon zu dieser frühen Zeit räumten einige Leute die Gehwege und streuten Salz oder Katzenstreu auf den Boden. Hier kam den Geschäften nichts in die Quere. Sie sah eine große, blasse junge Frau aus dem Café an der Ecke kommen, ihre langen dunklen Haare flatterten, als sie auf dem eisigen Boden ausrutschte. Sunday grinste, als sie das Mädchen lachen sah, ihren Kopf zurückgeworfen, als sie sich an die Straßenlaterne klammerte, die ihr am nächsten war. Sunday hörte einige Männer nach dem Mädchen rufen, sah zwei örtliche Hilfssheriffs, die ihr zu Hilfe kamen, beobachtete, wie das Mädchen mit ihnen lachte und sie in das Café einlud.

Sie sah so frei aus, so entspannt. Sunday entschied sich, ins Café zu gehen, sobald sie angezogen war, und Hallo zu sagen. Das Mädchen sah aufgeschlossen und lustig aus.

Glücklicherweise achtete sie unter der Dusche darauf, zu warten, bis das Wasser warm wurde, bevor sie hineintrat. Einmal drin, shampoonierte Sunday ihr dunkles Haar und ließ das Wasser ihren schmerzenden Körper beruhigen. Das Bett war kaum mehr als ein provisorisches Kinderbett und sie beschloss, sich ein richtiges Bett zu kaufen, sobald sie es sich leisten konnte.

Was seltsam war. Auf ihrem New Yorker Konto waren fast zwei Millionen Dollar ... und sie kam nicht ran. Ihre Kreditkarten waren jetzt alle vernichtet. Das FBI hatte ihr einen bestimmten Betrag zum Überleben gegeben, während sie auf ihren ersten Gehaltsscheck und neue Kreditkarten auf ihren neuen Namen wartete, aber es würde nur für Essen und Miete reichen.

*Gott*, dachte sie jetzt, als sie ihr Haar trocknete, *all das wegen der Besessenheit eines Arschlochs. Ein ganzes Leben wurde gelöscht.* Sie fühlte stechende Schuldgefühle. *Wenigstens hast du ein Leben, das du ändern kannst, Marley Locke. Was ist mit Cory?*

Sie zog sein Foto aus ihrer Jacke und zeichnete die Form seines Gesichts nach. *Gott, ich vermisse dich, Baby. Es tut mir so unendlich leid.* Sie konnte die Tränen wieder lauern spüren, wedelte sie aber mit einer ungeduldigen Handbewegung weg. *Nein. Kein Jammern mehr.*

DRAUßEN WAR DIE TEMPERATUR UNTER DEM Gefrierpunkt und große Atemwolken vernebelten fast ihre Sicht. Sunday taumelte unsicher auf dem Bürgersteig herum und lächelte schüchtern die Leute, die sie begrüßten, in der Hoffnung an, dass niemand sie erkennen würde. Ohne ihr charakteristisches blondes Haar und ohne das sorgfältig aufgetragene Make-up bezweifelte sie das. Sie hatte sich letztendlich gegen die violetten Kontaktlinsen entschieden. Sie hasste das Gefühl der Dinger und außerdem, dachte sie vor sich hin, waren ihre braunen Augen nichts Besonderes, vor allem ohne Make-up.

Sie schob sich in das Lumia Café, wo sie von jeder Menge Gesprächsfetzen begrüßt wurde. Offensichtlich versammelten sich alle aus Rockford hier und für einen Moment dachte sie fast daran, sich umzudrehen und zu fliehen.

Aber dann erschien das Mädchen, das sie heute Morgen gesehen hatte, mit einem breiten Lächeln vor ihr. „'Allo", sagte sie mit einem breiten englischen Akzent. „Du bist neu hier, nicht wahr?"

Sunday grinste sie an. Das Lächeln der Frau war riesig, ansteckend und freundlich. „Das bin ich. Hallo, ich bin Sunday."

Sie streckte ihre Hand aus und die andere Frau balancierte ein Tablett auf ihren anderen Arm und schüttelte sie. „Hallo Süße, ich bin Daisy. Schön, dich kennenzulernen. Willst du einen Kaffee?"

„Gern."

„Komm und setz dich zu mir an den Tresen und ich erzähle dir den ganzen Tratsch."

Sie folgte Daisy zurück an die Theke und nickte höflich einigen neugierigen Kunden zu. Daisy strahlte in einem roten Kleid, das sich an ihre halsbrecherischen Kurven schmiegte und ihr fast schwarzes Haar fiel in Wellen über ihren Rücken. Schon um acht Uhr morgens hatte Daisy einen leuchtend roten Lippenstift aufgetragen, der ihr Tausend-Watt-Lächeln nur noch verstärkte.

„Was ist dein Stoff?"

Sunday setzte sich auf den Hocker an der Theke und sah sich die Getränkekarte an. „Ich würde nur für eine riesige Tasse schwarzen Kaffee töten."

„Mein Lieblingsgetränk", sagte Daisy locker und goss Sunday eine dampfende Tasse ein. „Hier. Willkommen in Rockford." Sie musterte Sunday, während sie ihren eigenen Kaffee trank. „Bist du mit Familie hier?"

Sunday nickte. Los geht's. Die Fragen, die sie und Sam geübt hatten, bis sie perfekt waren. Die Lügen. Die gefälschten Geschichten. „Nein, nur zum Arbeiten. Zeit für eine Veränderung von Kalifornien."

Sie hatten sich wegen des Akzents für Kalifornien entschieden. Sie konnte das locker durchziehen. Daisy rollte mit den Augen und grinste. „Ja, eine Pause von all der Sonne, die wie der Himmel klingt."

Sunday lächelte. „Im Ernst, wenn es jahrelang keinen Jahreszeitenwechsel gibt, wird es ein wenig ermüdend. Also beschloss ich, hierher zu kommen. Es ist wunderschön." Das war zumindest keine Lüge.

Daisy nickte. „Das ist es, das muss man ihm lassen."

„Du bist offensichtlich nicht aus dieser Gegend."

„Woher weißt du das?" Daisy kicherte. „Mein Vater traf meine Stiefmutter in London, aber sie musste hierher zurückkommen. Sie war die Tochter des Eigentümers des alten Skiparks auf dem Berg, so dass sie, als er starb, den Skipass leiten musste. Also zogen ich und Dad in die Staaten."

„Gefällt es dir?"

„Das tut es tatsächlich. Es war so anders als bei mir, die ganze Kultur, aber ich bin jetzt fast mein halbes Leben hier, zwölf Jahre. Ich bin es gewohnt." Daisy nickte ihrem Kaffee zu. „Der wird kalt."

Der Kaffee war mild und samtig. „Gott, das ist gut."

„Ich danke dir." Daisy machte einen kleinen Knicks, der Sunday zum Lachen brachte. Sie erwärmte sich sofort für die Frau. „Also, was machst du so?"

„Ich bin Texterin und Schreibkraft. Ich bin hier, um für River Giotto zu arbeiten und die Tagebücher seines Vaters zu transkribieren."

Daisy blieb stehen und ein misstrauischer Blick erschien auf ihrem Gesicht. „Wirklich?"

Sunday nickte, ihr Interesse war geweckt. „Ist das seltsam?"

Daisy schüttelte sich. „Nein, nein, nur eine kleine

Überraschung. River ist ein wenig zurückgezogen. Ich bin überrascht, dass er eine Fremde – nicht böse gemeint – in sein Haus lässt. Du weißt, wo er wohnt, oder?"

„Irgendwie schon. Ich meine, ich habe eine Adresse."

Daisy signalisierte ihr, dass sie warten sollte, und verschwand im Hinterzimmer. Eine Sekunde später tauchte sie auf und winkte ihr mit einem iPad zu. „Schau."

Sie drehte das Tablet in Richtung Sunday, damit sie es sehen konnte. Sunday keuchte nach Luft. Das Haus – war es überhaupt richtig, es nur ein Haus zu nennen? – war prächtig, von einem See und Bergen umgeben. Ein weitläufiges, einstöckiges Haus, das fast ganz aus Glas zu sein schien, es hatte klare Linien und eine Einfachheit, die der Erhabenheit des Ortes widersprach. Daisy tippte auf ein Foto, auf dem es nachts beleuchtet war und es spiegelte sich selbst im umliegenden See.

Sunday konnte spüren, wie es sie sprachlos machte, und wusste, dass Daisy ihre Reaktion einschätzte. „Es ist wunderschön."

„Nicht wahr? Wir neigen dazu, es 'das Schloss' zu nennen, aber in Wahrheit sabbern wir alle danach, so etwas zu besitzen. River kann es sich natürlich leisten."

„Wie ist er so?"

Daisy überlegte. „Für einen alten Kerl geht es ihm gut. Sehr gutaussehend, sehr reich. Hör zu", sie lehnte sich dicht heran, „meine Stiefschwester, auch bekannt als 'der Drache', war früher mit ihm zusammen, also erwähne ihn nicht in ihrer Nähe."

„Erwähne wen?"

Daisy seufzte, als die Stimme hinter ihr erklang. Sunday sah eine kleine, aber erstaunlich schöne Frau hinter sich. Ihr Haar war kurz geschnitten, am Kopf anliegend und ihr Gesicht war absolut exquisit. Ihre dunkelbraunen Augen waren durchdringend, als sie Sunday mit einem ausgeprägten Mangel an Freundlichkeit ansah. „Wer ist das?"

„Ari, das ist Sunday, meine neue Freundin. Sie ist gerade erst hierhergezogen. Sunday, das ist der Drache, oder Aria, wie wir sie manchmal nennen, wenn sie nett ist. Was selten ist." Daisy grinste ihre Stiefschwester leicht an, die sie mit einem finsteren Blick anstarrte. Aria schlüpfte aus ihrem Mantel und Sunday sah, dass sie den athletischen Körper einer Tänzerin hatte. Etwas klickte im Gehirn von Sunday.

„Du bist Aria Fielding."

Sowohl Daisy als auch Aria hielten inne. Aria musterte Sunday. „Du kennst mich?"

„Du hast früher bei NYSMBC getanzt ... unter Grace Hardacre."

Arias Augen wurden hart. „Du kennst dich mit Ballett aus?"

Sunday schüttelte den Kopf und fluchte innerlich. „Nicht viel. Ein Cousin, mit dem ich in New York war, nahm mich mit zu einer Vorstellung. Du warst wundervoll."

Es gab kein erkennbares Auftauen in Arias Haltung; wenn überhaupt, schien sie jetzt noch frostiger zu sein. „Danke." Sie sagte es hart und ging bald von ihnen weg.

Daisy seufzte. „Das mit ihr tut mir leid. Sie ist, ähm, schwierig."

„Temperament der Künstler", sagte Sunday und streichelte die Hand ihrer neuen Freundin und Daisy lächelte sie dankbar an.

„Du bist ein Schatz. Hör zu, wenn du etwas brauchst, Hilfe beim Einleben, bist du immer willkommen. Ich kenne die besten Wartungsleute oder die besten Sachen auf dem Bauernmarkt – vermeide die Käsetheke. Im Ernst. Geh nach Telluride, um dein Verlangen nach Milchprodukten zu stillen."

Sunday kicherte. „Ich werde mich daran erinnern. Ich schätze, ich fahre einfach eine Runde herum und orientiere mich."

„Komm und iss morgen Abend mit mir zu Abend",

sagte Daisy. „Ich bin kein guter Koch, aber Spaghetti krieg ich hin."

„Das wäre schön, danke." Die Schwere ihres neuen Lebens wurde dank dieses süßen englischen Mädchens bereits erleichtert. Sie verabredeten eine Zeit und Sunday bedankte sich wieder bei ihr.

Sie fand den Bauernmarkt und kaufte Lebensmittel für eine Woche ein, ohne die Käsetheke zu besuchen, wie Daisy geraten hatte. Sie fühlte sich unruhig und wollte nicht den ganzen Tag allein in der Wohnung verbringen, schaltete ihr Handy in den GPS-Modus und beschloss, sich das Haus ihres zukünftigen Arbeitgebers anzusehen.

Sie fuhr vorsichtig den Berg hinauf, schauderte ein wenig bei dem steilen Abgrund auf der einen Seite und stellte sich vor, wie ihr SUV durch die Pinienbäume fuhr und explodierte. *Sehr dramatisch, hm?* Sie kicherte vor sich hin und konzentrierte sich auf den vor ihr liegenden Weg. Bald darauf bog sie in eine lange Einfahrt ein.

Sie parkte ein wenig abseits des Hauses und wollte nicht stören, aber sie konnte von hier aus sehen, dass die Fotos des Ortes dem nicht gerecht wurden. Sie spürte einen Anflug von Traurigkeit – Cory, einer der aufstrebenden Architekten New Yorks, hätte diesen

Ort geliebt. Nicht nur das Design war außergewöhnlich, sondern auch die Ruhe hier, der Frieden, war atemberaubend.

Sie hörte ein anderes Fahrzeug hinter sich den Hügel hinauffahren und stieg schuldbewusst in ihren Kombi zurück. Sie glättete ihr Gesicht zu einem sanften Lächeln, als das Auto neben ihrem Auto vorfuhr. Ein sympathischer junger Mann lächelte sie an, als er sein Fenster herunterrollte. „Hey, hast du dich verfahren?"

„Alles okay", sagte sie und fühlte, wie ihr Gesicht brannte. Er hatte freundliche haselnussbraune Augen und ein süßes Lächeln. „Ich schaue mir nur meinen neuen Arbeitsplatz an."

Seine Augen leuchteten auf. „Oh, bist du Sunday?"

War das River Giotto? Nein, sicher nicht. Dieser Mann schien viel zu aufgeschlossen, um ein einsamer Künstler zu sein. Er schien ihre Gedanken zu lesen. Er stieg aus seinem Auto und schüttelte ihr die Hand. „Luke Maslany. Ich bin ein Freund von River."

„Sunday Kemp. Ehrlich, ich wollte nicht stören oder neugierig sein, ich wollte mich nur orientieren. Mich für Montagmorgen bereitmachen, weißt du?" Sie schweifte in ihrer Verlegenheit ab, aber dieser Typ hatte das netteste Lächeln.

„Hör zu, warum machst du nicht einen richtigen Sprung? Komm zum Haus hoch. Carmen wird dort sein – Rivers Haushälterin. Du wirst sie wahrscheinlich mehr als jeden anderen sehen. Vielleicht können wir River sogar überreden, sein Gesicht zu zeigen."

Sunday zögerte. Sie hatte kein Make-up drauf, ihr Haar war ein Chaos ... wollte sie wirklich diesen ersten Eindruck hinterlassen? „Ich denke, vielleicht sollte ich bis Montag warten. Ich will nicht stören."

Luke Maslany nickte, aber seine Augen leuchteten, als er lächelte, und Sunday konnte nicht anders, als ihn zu mögen. „Hör zu, ganz nach deinem Geschmack, aber ich weiß genau, dass Carmen Brunch zubereitet, und sie macht immer eine Tonne. River isst kaum, also esse ich", er tätschelte seinen flachen Bauch, „für zwei und stopfe immer. Du würdest mir einen Gefallen tun."

Sunday lachte. Er war so charmant ... und wieder einmal staunte sie über die Freundlichkeit dieser Menschen. „Nun, wenn du versprichst, dass ich mich nicht aufdränge."

„Natürlich nicht. Wollen wir?"

## KAPITEL DREI

River fühlte einen Ruck von Verärgerung über das Klopfen an der Tür, hielt aber seine Stimme ruhig. „Komm rein."

Luke steckte seinen Kopf durch die Tür und grinste seinen Freund an. „Hey, Alter."

„Hey, Luke." Selbst in seiner mürrischen Stimmung war River immer glücklich, Luke zu sehen. „Bist du zu Carmens Festmahl gekommen?"

„Natürlich – und ich habe einen Gast mitgebracht."

„Oh?" River hätte nicht weniger interessiert sein können. Er kam selten zu Carmen und Luke in die Küche und zog es vor, allein in seinem Atelier zu essen.

„Deine neue Mitarbeiterin."

„Die Tippse?"

„Die Schreibkraft", sagte Luke mit einem Unterton in der Stimme. „Ich glaube nicht, dass sie davon angetan wäre, als Tippse bezeichnet zu werden."

River zuckte mit den Achseln. „Was auch immer. Carmen hat sie eingestellt. Sie wird ihr sagen, was sie tun soll, wohin sie gehen soll."

„Komm und triff sie, Riv", sagte Luke und er klang müde, als wäre er es leid, der Vermittler in Rivers Namen zu sein. „Sie wird fünf Tage die Woche hier sein, die ganze Zeit. Du wirst sie irgendwann treffen."

„Dann werde ich sie irgendwann treffen." River wusste, dass er stumpfsinnig war, aber er war wirklich nicht in der Stimmung für Höflichkeiten. Lindsay hatte ihn heute Morgen angerufen und ihn gefragt, ob er Berry aus irgendeinem unbekannten Grund für ein paar Wochen nehmen könne. Obwohl River zugestimmt hatte und sich auf das Treffen mit seiner Tochter freute, war er aufgebracht, dass seine letzten Tage, an denen er möglicherweise in der Lage war, so zu malen, wie River Giotto malte, noch begrenzter sein würden.

Er war nicht in der Stimmung, jemanden zu treffen, und Luke konnte nichts sagen, um seine Meinung zu ändern. Luke ließ ihn allein, deutlich angepisst, aber River seufzte erleichtert. Er malt weiter, aber dennoch konnte er von der anderen Seite des Hauses aus Lachen und Klappern hören und spürte die Last der Einsamkeit. Er konnte den köstlichen Duft eines von Carmens typischen Currys riechen, der das Haus erfüllte und bemerkte, dass ihm das Wasser im Mund zusammenlief. Er wusste, dass sie ihm ein paar Reste im Kühlschrank hinterlassen würde. Er legte seinen Pinsel nieder und wischte sich die Hände ab. Barfuß wie immer lief er leise durch das Haus zum Gästezimmer. Das Fenster dort zeigte in Richtung Küche hinüber und er konnte sie unbemerkt beobachten.

Er sah, wie Carmen sich um den Frühstückstresen drehte und mit einer jungen Frau mit dunklen Haaren, die ihr bis zur Taille reichten, sprach. River beobachtete sie, während sie durch die Küche ging, um Carmen zu helfen, wie sich ihr Körper bewegte, fast wie eine Tänzerin, anmutig und stark. River verengte seine Augen, um ihre Gesichtszüge zu sehen, und fühlte, wie sich seine Leiste zusammenzog.

Sie war bezaubernd. Wahrhaftig eine schöne junge Frau. Ihre Gesichtszüge waren weich, freundlich, ein schwaches Erröten auf ihrer Olivenhaut, ihr breites Lächeln. Sie war etwa 1,60m groß, ein gutes Stück kürzer als die 1,85m von River und schlank, aber kurvenreich. Er beobachtete ihre Unterhaltung mit Carmen, wie sie mit Luke herumalberte, und fragte sich, wer zum Teufel diese Frau war. Sie war atemberaubend, aber brauchte er *atemberaubend* wirklich in seinem Leben?

Nein. *Verdammt*, nein. Er würde sich von ihr fernhalten, sie aus der Gleichung herausnehmen, sich auf Berry und sein Augenlicht konzentrieren. Trotz allem, was Luke ihm gesagt hatte, musste es irgendwo auf der Welt etwas geben, das ihm helfen konnte.

Denn was sollte es sonst bringen? Es war zu grausam. Er blickte ein letztes Mal auf seine neueste Mitarbeiterin zurück und fragte sich, ob sie überhaupt wahre Verzweiflung kannte. Er bezweifelte es.

River wandte sich vom Anblick seiner Freunde, die miteinander Spaß hatten, ab und ging zurück in sein einsames Atelier.

Sunday legte eine Hand auf ihren Bauch und protestierte, als Carmen zwei große Plastikboxen mit Curry einpackte. „Ich kann nicht, du hast mich genug verwöhnt."

„Unsinn. Du bist gerade erst eingezogen, du brauchst Nahrung. Nimm es." Carmen grinste sie an. Bei ihr und Sunday hatten es sofort Klick gemacht. „Du brauchst einen Hauch von Heimat."

Sunday lächelte sie an. Carmen war eine indisch-amerikanische Frau der zweiten Generation und als ihr Sunday gesagt hatte, dass ihre eigene Großmutter aus Kerala kam, hatte sie Carmens Zuneigung zu Sunday besiegelt. „Ich war noch nie in Indien", sagte Sunday ihr, „es war eines dieser Dinge, die ..." Sie hielt an. Sie war im Begriff zu sagen, dass es eines dieser Dinge war, die sie und Cory geplant hatten, möglicherweise in den Flitterwochen. „Ich bin einfach nie dazu gekommen."

„Es ist noch Zeit", sagte Carmen und zuckte mit den Achseln. „Du bist was, fünfundzwanzig?"

„Achtundzwanzig."

„Ach, viel Zeit. Also, wir sehen uns am Montag wieder?"

Sunday lächelte. „Das werden wir. In aller Frühe."

Sie umarmte Carmen und fühlte sich, als hätten sie sich schon ewig gekannt. Auch mit Luke war leicht zu reden und er brachte sie zurück zu ihrem Auto. „Es tut mir leid wegen River. Er ist eine mega Nervensäge, aber er wird sich schon wieder einkriegen."

Sunday zuckte gutmütig mit den Achseln. „Hey, solange ich meine Arbeit mache und bezahlt werde, stört mich das nicht."

Luke schüttelte ihre Hand und sie war seltsam berührt von seinen altmodischen Manieren. „Viel Glück mit dem Job", sagte er zu ihr. „Ich kann bereits sagen, dass du zu uns passen wirst. Zumindest zu ein paar von uns", fügte er mit einem Grinsen hinzu. „Du findest den Weg zurück in die Stadt?"

„Ja, das schaffe ich, danke. Und noch einmal danke, dass du mich eingeladen hast. Du hast Recht, das wird es einfacher machen, mit der Arbeit zu beginnen."

„Gut. Wir sehen uns dann."

Als sie kurz nach der Mittagspause zurück in die Stadt fuhr, verblasste die Sonne bereits, Schneewolken verwandelten den Himmel in einen Aufruhr aus Lila, Pink und Schwarz. Als Sunday ihre Einkaufstaschen und die Plastikboxen mit Curry in ihre Wohnung trug, dachte sie darüber nach, dass sie in nur wenigen Stunden – wenn auch noch keine *Freunde* – sicher Menschen getroffen hatte, die das Potenzial hatten, Freunde zu *werden*. Daisy. Carmen. Luke.

Sie las den größten Teil des Tages und schlief auf der Couch ein – eine Couch, bemerkte sie, die wesentlich bequemer als ihr Bett war – und wachte auf, um dicken, flauschigen Schnee fallen zu sehen. Sie saß stundenlang am Fenster und beobachtete nur, wie er fiel, hörte die Stille, den Frieden. Die Straßenlaternen hatten Mühe, die Hauptstraße durch den Schnee zu erhellen. Sunday schüttelte den Kopf und kicherte leise vor sich hin. Es war wie ein Traumland, ein Weihnachtsmärchen, kein wirkliches Leben.

Und doch *war* dies jetzt ihr wahres Leben und zum ersten Mal seit dieser schrecklichen Nacht, in der sie alles verloren hatte, Cory verloren hatte, das Leben verlor, das sie geplant hatte, für das sie gearbeitet hatte, fühlte die ehemalige Marley Locke Hoffnung.

Als sein Mann meldete, dass Marley das ganze Wochenende über überhaupt nicht zu Hause war, war Brian Scanlan verärgert, aber nicht überrascht. „Sie denkt, dass sie sich vor mir verstecken kann", er zuckte mit den Schultern, während seine Mitarbeiter ihm zuhörten. Es herrschte eine gewisse Nervosität im Raum, als ob die anderen Männer darauf warteten, dass Brians Temperament explodierte. Aber heute Abend fühlte er sich großherzig.

Lass Marley denken, dass sie ihm entkommen würde, dass sie nicht nur deshalb noch am Leben war, weil er es ihr erlaubt hatte. In dieser Nacht vor einem Jahr, als sein Killer den Freund ausgeschaltet – wie ihm befohlen worden war – und Marley angeschossen hatte – was ihm ausdrücklich untersagt worden war –, hatte Brian gewusst, dass er das nächste Mal die Tat selbst vollbringen musste. Er konnte nicht riskieren, dass sie wieder entkommt, und sie hatte seine Planung erleichtert, indem sie die Stadt nicht verlassen hatte, nachdem sie aus dem Krankenhaus entlassen worden war.

Aber andererseits – wo zum Teufel würde sie hinlaufen? Er wusste besser als jeder andere, dass sie niemanden hatte. Ihre Familie war verstreut; die Familie ihres Freundes machte sie für seinen Mord verantwortlich. Sie hatte Freunde, ja. Aber er hatte Recht - Marley war an Ort und Stelle geblieben, wenn auch mit erhöhter Sicherheit.

Als ob ihn das aufhalten würde. Niemand ahnte, dass der große Brian Scanlan, der Rangälteste der Upper East Side, so enge Beziehungen zur Mafia unterhielt, geschweige denn ein eiskalter Mörder war. Der Mann, den er angeheuert hatte, um Cory Wheeler zu töten, war selbst tot – eine Strafe für die Verletzung von Brians Geliebter. In der Nacht, als er herausgefunden hatte, dass Marley im Krankenhaus war, mit einer Schusswunde im Bauch ... *nein*. Nur er würde entscheiden, ob sie lebt oder stirbt. Sie gehörte zu ihm und keinem anderen.

Er war lange genug großmütig gewesen und gab ihr Gelegenheit, um um ihre verlorene Liebe zu trauern, aber jetzt war es Zeit. Er hatte die Vorbereitungen im vergangenen Jahr getroffen – eine neue Wohnung, in der sie gemeinsam auf der Upper East Side wohnen könnten, eine ganz neue Garderobe für Marley, jedes Stück genau auf sie zugeschnitten in den Farben, die er, Brian, genehmigt hatte. Er ließe sie ihr Haar wieder zu seiner natürlichen Farbe färben - sie sah aus wie eine Hure mit diesem blonden Durcheinander. Würde sie das Make-up von ihrem schönen Gesicht schrubben lassen – die Mutter seiner Kinder würde es nicht brauchen.

Ja, er hatte alles für sie geplant und jetzt war es an der Zeit, diesen Plan in die Tat umzusetzen.

. . .

Erst am nächsten Morgen, als Marley nicht auf seinem Fernseher erschien, entdeckte Brian Scanlan, dass er sich geirrt hatte. Marley war ihm entkommen.

Marley war weg.

Und seine Wut kannte keine Grenzen.

## KAPITEL VIER

Montagmorgens versuchte Sunday die Tatsache zu ignorieren, dass ihre Abwesenheit in New York heute publik würde, und versuchte, sich auf die Fahrt zum Giotto-Haus zu konzentrieren. Am Abend zuvor hatte sie einen lustigen Abend mit Daisy Nash verbracht und jetzt war sie voller Optimismus, dass ihr Job genau das sein würde, wonach sie suchte.

Carmen begrüßte sie wie eine alte Freundin und zeigte ihr das kleine Büro, wo Sunday einen hochmodernen Laptop, einen bequemen Stuhl und einen massiven Eichentisch vorfand. Eine Couch vervollständigte den Raum, von dem eine Wand aus massivem Glas bestand, das über das Tal hinausblickte.

Sunday schüttelte den Kopf und kicherte ungläubig.

„Wie soll ich mich angesichts dessen konzentrieren?" Sie deutete auf die Aussicht und Carmen lächelte.

„Du wirst das schon schaffen. Hör zu, was auch immer du brauchst, komm zu mir und bediene dich bitte bei allem in der Küche, Essen, Trinken. Du hast einen Mini-Kühlschrank mit Wasser und Soda, aber alles andere, bitte, bedien dich wirklich." Carmen blickte auf ihre Uhr. „Ich mache für ein Uhr Mittagessen, okay?"

„Ich würde mich nicht aufdrängen wollen."

Carmen rollte lächelnd mit den Augen. „Bis später dann. Oh, das Badezimmer ist am Ende des Flurs auf der rechten Seite."

SUNDAY SETZTE SICH AN DEN SCHREIBTISCH UND ZOG ihre Lesebrille aus der Tasche. Zwei fette Tagebücher lagen am Rand des Schreibtisches - vermutlich die, die Giotto transkribieren lassen wollte. Sie fragte sich, warum er es nicht selbst getan hatte, aber als sie sie öffnete, wurde ihr klar warum. Die Handschrift war ordentlich, aber unglaublich klein, die Schrift wunderschön gestaltet. Sofort wusste Sunday, dass dies die Arbeit von Monaten und nicht von Wochen sein würde und sie war erleichtert. Sie hatte sich gefragt, wie um alles in der Welt das Abschreiben von zwei Tagebüchern mehr als ein paar Wochen mindestens dauern konnte, aber jetzt, da sie die Dicke der Bücher und die

Schrift sah, die jede Seite bedeckten? Ja, sie würde für einige Monate auskommen.

Sie schaltete den Laptop ein, sah, dass er mit jeder Software ausgestattet war, auf die sie hoffen konnte, und verbrachte ein oder zwei Stunden damit, ihn so einzurichten, wie sie es wollte. Dann nahm sie eines der Tagebücher und setzte sich auf die Couch, um die ersten Einträge zu lesen, zog ihre Beine unter sich und schlang ihr Haar zu einem Dutt.

Sie vertiefte sich bald in das Tagebuch. Ludovico Giotto war ein Mann mit Visionen, unglaublicher Intelligenz und Wärme gewesen, so viel war schon auf den ersten Seiten offensichtlich. Sie datierten fast fünfzig Jahre zurück, als Ludos Vater seine junge Frau nach Amerika gebracht hatte, um ihre Familie zu gründen. Giovanni Giotto, bereits Milliardär, hatte sich um seine vier Kinder gekümmert, besonders um seinen Ältesten Ludo, aber er war auch entschlossen, dass sie von allem nur dann das Beste haben würden, wenn sie gelernt hatten, es zu schätzen. Er hatte sie an renommierte Hochschulen geschickt, unter der Voraussetzung, dass sie danach alle fünf Jahre ihres Lebens in einem Ehrenamt verbringen würden. Alle, mit Ausnahme seiner Tochter Perdita, hatten ihr Versprechen erfüllt. Perdita, Ludos verehrtes jüngstes Geschwisterkind, hatte nicht mehr gelebt, um aufs College zu gehen und erlag mit acht Jahren der Tuberkulose.

Ludo und seine überlebenden Schwestern hatten danach noch härter gearbeitet und nicht nur ihre versprochenen fünf Jahre gegeben, sondern dieses Versprechen auch auf ihre zukünftigen Ehepartner und Kinder ausgedehnt.

*Wir alle lebten ein Leben mit großen Privilegien*, schrieb Ludo, *aber keiner von uns nahm es jemals für selbstverständlich hin. Wir sahen viele unter unseren Mitmenschen und den Mitmenschen unseres Vaters, die alles verloren hatten und keine Möglichkeit hatten, sich hochzuziehen, denn sie hatten nie wahre Not erlebt oder erfahren. Wir wussten zumindest, dass nichts auf dieser Welt sicher ist, und sicherlich bedeutete nichts von dem, was wir in materieller Hinsicht hatten, auf lange Sicht etwas.*

„Wahre Geschichte", murmelte Sunday zu sich selbst, blickte vom Buch auf und streckte ihren Hals. Ihre journalistischen Sinne kribbelten auf eine Weise, wie sie es schon sehr lange nicht mehr getan hatten, und sie fragte sich leise, ob River Giotto ihr erlauben würde, an einer offiziellen Biographie über seinen Vater und seine Familie zu arbeiten.

Sie schloss das Buch und ging zum Computer. Sie öffnete ein Browserfenster und hielt inne. Montag. Der erste Tag, an dem Marley Locke offiziell nicht zur Arbeit erschienen ist. Wäre es qualvoll zu sehen, ob ihre Abwesenheit es in die Nachrichten gebracht hat? *Das ist anmaßend*, dachte sie und schüttelte den Kopf.

Nein. Hinter den Kulissen würden sie sich wundern, ja sogar beunruhigen, aber nichts würde in der Sendung gesagt werden, bis es sein musste.

Und dann ... Gott, sie konnte kaum daran denken, wie weit das FBI gegangen war, um sie zu beschützen. Eine nicht identifizierte Jane Doe, die auf ihre Beschreibung passt. Die Tochter von jemandem, das Baby von jemandem, würde als Köder benutzt werden. Jemand von der Polizei würde die Leiche als die von Marley „identifizieren". Ein Selbstmord. Oder ein Unfall. Marley Locke wäre offiziell tot.

Sunday zitterte. Was für ein Leben. Sie stand auf und streckte sich, klappte den Laptop zu. Sie musste nicht wissen, was in New York vor sich ging, es würde sie nur aufwühlen. *Konzentrier dich auf deinen Job.*

In der Mittagspause ging sie schüchtern in die Küche und Carmen winkte ihr mit einer Spachtel zu, als sie um den Herd herumhüpfte. „Wir essen Omeletts. Ich hoffe, das ist in Ordnung? Seine Majestät isst nicht, also sind wir nur zu zweit."

Aus irgendeinem Grund fühlte sich Sunday erleichtert. Nachdem sie das Tagebuch von Rivers Vater gelesen hatte, fühlte sie sich, als wolle sie den Mann mit Fragen überschütten, und das war wirklich nicht die richtige Zeit dafür.

Carmen legte für sie ein unglaublich aussehendes

Omelett auf einen Teller. „Es ist nur Gemüse – wir haben hier montags kein Fleisch, sehr zu Rivers Abneigung. Aber es hält ihn etwas gesünder."

„Er isst gerne Fleisch?"

„Das tut er. Rotes Fleisch, Rotwein, Zigaretten. Das ist Rivers Treibstoff. Zum Glück habe ich das Rauchen im Haupthaus verboten."

Sunday kicherte. „Du bist wirklich der Boss."

„Das muss ich sein. River treibt Künstlerallüren auf ganz neue Level." Carmens Lächeln verblasste. „Aber er macht im Moment eine schwere Zeit durch, also lasse ich ihn schimpfen und toben, wenn er will."

Sie gab keine weiteren Informationen und Sunday hatte nicht das Gefühl, dass sie das Recht hatte, zu schnüffeln. Sie unterhielten sich fröhlich, während sie ihr Mittagessen aßen, Sunday gratulierte der Köchin zu den leichten, fluffigen Omeletts. Sie aß es komplett auf, sehr zu Carmens Freude.

„Braves Mädchen."

„Ich sage nie nein zu Essen."

„Lieblingsessen?"

Sunday überlegte. „Ein gut gegrilltes Steak und eine frittierte Zwiebel. Gott, Zwiebeln. Ich werde angezogen, nur wenn sie jemand in meiner Nähe anbrät."

Carmen lachte. „Das merke ich mir."

Sunday dankte ihr noch einmal für das Mittagessen und ging zurück in ihr Büro und fühlte sich glücklich. Wenn das jetzt ihr Leben sein sollte, dann war sie gesegnet. Zurück bei den Kapiteln, die sie gelesen hatte, begann sie, sie auf den Computer zu übertragen, und als sie von ihrer Arbeit aufblickte, war es draußen dunkel. Sie starrte auf ihr Spiegelbild im Fenster. Sie sah traurige Augen, dunkle Haare, die aus dem unordentlichen Dutt aufstiegen, den kleinen Schimmer des Steckers in ihrem Ohr. Sie musste zugeben, dass sie nicht wie die geschliffene Nachrichtensprecherin aussah, die sie noch vor ein paar Tagen gewesen war, aber auf seltsame Weise fühlte sie, dass sie mehr wie sie selbst aussah.

Um kurz nach Sieben packte sie ihre Tasche und ging durch das Haus, um sich von Carmen zu verabschieden. Als sie in die Küche ging, sah sie eine Bewegung aus dem Augenwinkel und drehte sich um, um aus dem Fenster zu schauen. Auf der anderen Seite des Hofes stand der hintere Flügel des Hauses meist in der Dunkelheit. Bildete sie es sich ein oder war da eine Gestalt, die sich gegen das Schwarz abgrenzte und sie beobachtete?

Sunday blinzelte. Ja. Er war da ... irgendwie wusste sie, dass es ihr mysteriöser Arbeitgeber war. Sie fühlte sich unbeholfen und hob ihre Hand auf halbem Weg zur

Begrüßung und ließ sie dann fallen. Verrückt. Sie drehte sich um und ging von der Küche weg, traf Carmen in der Einfahrt und verabschiedete sich für den Abend, ohne den Vorfall zu erwähnen.

D<small>IE</small> W<small>OHNUNG WAR WIEDER KALT UND</small> S<small>UNDAY</small> entschied, dass, während die Heizung ihre Arbeit erledigte, sie zum Abendessen ausgehen würde. Es gab ein Diner an der Ecke und dankbar kuschelte sie sich in eine Sitzecke.

Eine junge, punkig aussehende Kellnerin, auf deren Namensschild Cleo stand, kam zu ihr. „Was kann ich dir bringen?"

Sunday scannte schnell die Plastikmenükarte. „Oh, ähm, schwarzer Kaffee und ein ... ähm ..."

Cleo grinste sie unvermittelt an. „Ich gebe dir eine Minute, Süße, keine Sorge. Cooles Tattoo. Ich hole deinen Kaffee."

Sunday lächelte sie an und bedankte sich bei ihr. Wirklich, die Leute waren so nett. Das Lokal war ziemlich voll, offensichtlich ein beliebter Treffpunkt der Einheimischen, und als Cleo Sunday später einen vollgepackten Burger und Fritten brachte, konnte Sunday verstehen warum. Sie stöhnte, als die pikanten Burgersäfte ihre Geschmacksnerven erreichten und die salzigen, heißen Pommes befriedigend unter ihren Zähnen knirschten.

*Eine gute Sache daran, nicht mehr vor der Kamera zu sein,* dachte sie mit einem Grinsen bei sich, *ist die Tatsache, dass es keine Kalorienbeschränkungen mehr gibt.* Sie hatte warmen Apfelkuchen zum Nachtisch und stöhnte dann, als Cleo ihr einen Nachschlag aufs Haus anbot. „Gott, nein, das ist so freundlich, aber ich würde wirklich *explodieren.*"

Cleo grinste. „Daisy sagte, du wärst nett. Wir sind Freunde."

„Das macht Sinn. Ich hoffe, das werden wir auch."

„Das kann ich nur zurückgeben." Cleo sah sich um, um zu sehen, ob ihr Manager zuschaute und schlüpfte dann auf den Sitz gegenüber von Sunday. „Hör zu, nur ein kurzes Wort der Warnung, von Freundin zu Freundin. Daisy hat mir erzählt, dass du für River arbeitest?"

Sunday nickte. Cleo seufzte. „Dann pass auf Aria auf. Daisy würde das nicht sagen, aber Aria ist eine richtige Schlampe. Sie wird dir Ärger machen, wenn sie kann. Ignoriere es."

„Das werde ich, danke. Ich bin nicht hier, um mir Feinde zu machen."

Cleo grinste sie an. „Du *bist* nett. Hey-ho, der Boss ist

zurück. Hör zu, lass uns bald Kaffee trinken, ja? Nicht *hier*, meine ich."

„Das würde ich gerne."

SUNDAY GENOSS IHREN KAFFEE UND WOLLTE DIE WÄRME des Restaurants nicht verlassen. Cleo, die ihre Schicht beendet hatte, war eine halbe Stunde zuvor gegangen und Sunday hatte dafür gesorgt, dass sie das großzügige Trinkgeld erhielt, das sie sicherlich verdient hatte.

Cleo hatte sich bei ihr bedankt und ihre Handynummer hinterlassen. „Für wann auch immer oder was auch immer", hatte sie gesagt.

Sunday las die Nachrichten auf ihrem Handy, als sie hörte, wie jemand in das sich rasch leerende Diner kam. Sie blickte auf und sah einen Mann, groß, mit zottigen, dunklen Locken, Schnee von seinem Mantel wischen. Er blickte zu ihr hinüber und ihre Blicke trafen sich.

Sunday fühlte einen Ruck durch ihren ganzen Körper gehen. Der Mann sah spektakulär aus, ein robustes, schönes Gesicht, aber es waren seine Augen, die es ihr angetan hatten. Hellgrün und dicht von schwarzen Wimpern umrandet, starrten sie sie an, ohne zu zögern. Sie spürte diesen Blick überall.

Die Zeit schien zu erstarren, aber dann ging er zu ihrem Platz hinüber. „Darf ich?"

*Oh, Mist.* Warum musste er auch noch diese tiefe, sexy, rauchige Stimme haben? Sie nickte stumm. Er setzte sich ihr gegenüber. Eine andere Kellnerin kam herüber und nahm seine Bestellung eines schwarzen Kaffees entgegen. Er sah Sunday fragend an.

Sie schüttelte den Kopf. „Nur einen, bitte."

Sunday fühlte sich wie eine liebeskranke Teenagerin und sie räusperte sich und versuchte, ihr Gesicht vor dem Erröten zu bewahren.

„Du bist neu hier." Eine Aussage, keine Frage, aber sie nickte trotzdem.

„Sund-"

„Keine Namen."

Ein Nervenkitzel schoss durch sie hindurch und plötzlich wusste sie, dass sie alles, was hier vor sich ging, passieren lassen würde. Sie wollte diesen Mann, wer auch immer er war, und sie brauchte keine Komplikationen. Ein One-Night-Stand? *Ja, bitte!* Sie ließ das Verlangen in ihren Augen zum Vorschein kommen und sein Mund zog sich in einem zufriedenen Lächeln zusammen.

Seine Arroganz war fesselnd und seltsam sexy, und Sunday grinste ihn an. „Du bist sehr selbstbewusst."

„Ich weiß, was ich will."

„Und was ist das?"

„Dich. Ich mag es nicht, herumzualbern oder Spielchen zu spielen."

„Ich auch nicht." Sunday richtete ihre Haltung. „Ich will auch kein Nachspiel."

„Dann sind wir uns einig. Wohnst du in der Nähe?"

„Ja."

Er neigte seinen Kopf auf eine Seite. „Bist du dir sicher?"

„Wie ich schon sagte, kein Nachspiel. Willst du Sex? Dann lass uns Sex haben." Sunday konnte nicht glauben, dass die Worte aus ihrem eigenen Mund kamen, aber was zum Teufel? Neues Leben, neue Regeln. Das Letzte, was sie wollte, war eine Beziehung zu jemandem, aber ihr Körper hatte Bedürfnisse, um Himmels willen.

Ihr Verehrer starrte sie für einen langen Moment an, dann packte er ihre Hand und zog sie auf die Füße. „Lass uns gehen, Schönheit."

## KAPITEL FÜNF

Sie rannten durch den Schnee zu ihrer Wohnung. Im Inneren zog er sie näher an sich und drückte seine Lippen gegen ihre. Gott, er schmeckte gut. Sie streckte ihre Hand nach unten und streichelte seinen Schwanz durch seine Jeans. *Riesig.* Sie stöhnte vor Vorfreude und er schmunzelte.

„Das ist alles für dich, Schönheit. Jetzt zieh dich aus."

Sie zogen sich schnell aus und stürzten sich auf ihr Bett. Sein Körper war hart und muskulös, seine breiten Schultern führten zu schlanken Hüften und kräftigen Beinen. Er fuhr mit den Händen über ihren Körper, die Bewunderung in seinen Augen war ersichtlich. „Sensationell", murmelte er, dann beugte er seinen Kopf, um ihre Brustwarze in seinen Mund zu nehmen.

„Warte … warte … Ich habe kein Kondom …"

Ohne die Berührung mit ihrer Brust zu unterbrechen, beugte er sich vor und packte seine Jeans und zog ein Kondom aus seiner Gesäßtasche. Sunday entspannte sich, schloss ihre Augen, als seine Zunge um ihre Brustwarze flackerte und süße Empfindungen durch ihren Körper schickte.

Sunday streichelte seinen langen, dicken Schwanz gegen ihren Bauch, fühlte, wie er zitterte, unter ihrer Berührung bebte und in ihrer Hand anschwoll. „Wenn du so weitermachst, Süße, muss ich dich ficken, bevor ich etwas anderes mache."

Sunday grinste ihn an und fing an, fester zu streicheln. Er stöhnte. „Gott, du schmutziges, kleines Mädchen ..."

Sie riss das Kondom auf und rollte es über seinen Schwanz, als er ihre Beine um seine Taille legte. „Du wirst das alles in dich aufnehmen, schönes Mädchen."

Er stieß in sie hinein und Sunday schrie fast vor lauter animalischem Vergnügen. Sie fickten hart, kratzend und beißend, küssend, bis ihre Münder wund waren. Gott, es fühlte sich so gut an, ohne Hemmungen gefickt zu werden, zu wissen, dass es keine Gefühle gab, dieses Tier zu sein, diese Wilden, diese Ausgelassenen.

Schließlich wurde ihr Vögeln so grob, dass sie auf den Boden stürzten. Er hielt ihre Hände über ihrem Kopf fest, als er sie zu einem markerschütternden Orgasmus trieb.

Sunday kam hart, ihr Rücken wölbte sich nach oben, ihr Bauch drückte gegen seinen. Ein Jahr lang aufgestaute Emotionen strömten aus ihr heraus und Tränen strömten über ihr Gesicht, als sie schrie. Verlegen drehte sie ihren Kopf von ihm weg, aber er küsste sie sanft, ohne etwas zu sagen.

Sie lagen Seite an Seite, keuchend, dann, ohne Worte zu brauchen, liebten sie sich wieder, langsam, und erkundeten den Körper des anderen. Sie liebte es, dass sein Körper so viel größer war als ihrer, seine Arme dicht mit Muskeln bestückt, die sie wiegten, als ob sie das Wertvollste auf der Welt wäre. Sie streichelte ihre Finger über sein Gesicht – er war so schön, dass es unwirklich schien –, sah die Qualen in seinen Augen und dachte darüber nach.

*Aber nein. Wundere dich nicht. Mach dir keine Sorgen um ihn. Behalte dies als das, was es ist ... ein wunderbares, sinnliches, spektakuläres Zusammenspiel.* Sie drückte ihre Lippen an seine und wollte sich an jeden Zentimeter von ihm erinnern, weil sie tief in ihrem Herzen wusste – das war eine einmalige Sache.

Sie liebten sich bis in die frühen Morgenstunden, bevor Sunday nicht mehr in der Lage war, ihre Augen noch einen Moment länger offen zu halten.

Am Morgen war er weg.

I N DER DUSCHE STRECKTE SUNDAY IHRE MUSKELN UND spürte die köstlichen Verspannungen, die durch den Sex verursacht wurden. Ihre Oberschenkel pochten; ihre Vagina war wund von den Stößen des riesigen Schwanzes ihres Geliebten. Es gab schwache Bissspuren auf ihren Brüsten, ihren Schultern. Ihr Mund kribbelte immer noch von seinem Kuss.

Und in ihr war etwas freigesetzt worden. Etwas, von dem sie nicht gewusst hatte, dass es da war, eine Blockade. Der Mangel an Intimität seit dem Mord an Cory war nicht etwas, woran sie gedacht hatte, aber jetzt, nach der letzten Nacht, wurde ihr klar, wie körperlich distanziert sie alle anderen im letzten Jahr gehalten hatte.

Sie fuhr zum Giotto-Haus und nahm etwas frisches Brot von der städtischen Bäckerei für Carmen mit, die ihr dankte und sie einlud, mit ihr einen Kaffee zu trinken. „Ich habe Neuigkeiten. Nicht, dass es dich direkt betreffen würde, aber du solltest Bescheid wissen."

Sie zeigte auf den Hocker und Sunday setzte sich und schaute ihre neue Freundin neugierig an. „Was ist los?"

„Nun, Rivers Tochter wird für ein paar Wochen zu Besuch kommen, das ist alles und Berry ist bezaubernd, aber auch anstrengend."

„Mister Giotto hat eine Tochter?"

„Sie ist fünf Jahre alt, aber er kennt sie erst seit wenigen Jahren. Ich glaube, sie war das Resultat eines One-Night-Standes."

Sunday hoffte, dass ihr Gesicht nicht so rot war, wie es sich anfühlte. „So was kann passieren. Also, Berry – und was für ein toller Name, hm? – sie kommt für ein paar Wochen zu uns?"

Carmen nickte. „River hat mir versprochen, dass er den größten Teil der Arbeit erledigen wird, aber ich kenne ihn. Es wird Tage geben, an denen er in seinem Atelier ist und alles vergisst, einschließlich Berry. An diesen Tagen wirst du dich vielleicht mit einem kleinen Helfer wiederfinden."

„Das macht mir nichts aus, solange Mister Giotto versteht, dass ich von der Arbeit abgelenkt werde."

Carmen grinste. „Du kannst ihn River nennen, weißt du."

„Glaubst du, ich werde ihn jemals treffen?" Sunday hatte sich bereits vorgestellt, wie er aussehen würde – grauhaarig, mürrisch. Daisy hatte gesagt, er sei „alt", aber andererseits war Daisy vierundzwanzig. „Alt" könnte jeden über dreißig Jahre bedeuten.

Carmen seufzte. „Ich hoffe es, Liebling, das tue ich. Ich weiß, dass dir dies wie eine seltsame Situation vorkommt, aber River war noch nie ein sehr kontaktfreudiger Mensch. Es wurde schlimmer, nachdem seine Mutter starb und sein Vater wieder geheiratet hatte." Sie senkte ihre Stimme. „Seine Stiefmutter ist eine abscheuliche, bösartige Frau. Etwas ist zwischen ihr und River passiert und er war nie wieder derselbe."

„Gott, wie schrecklich."

Carmen nickte. „Er würde nie jemandem erzählen, was passiert ist, aber es muss ziemlich schlimm gewesen sein. Er hatte blaue Flecken, aber er wollte es seinem Vater nicht sagen."

„Wie alt war er, als das passiert ist?"

„Sechzehn. Es ist zwanzig Jahre her und er will immer noch nicht darüber reden."

Also war „alt" sechsunddreißig? Sunday blinzelte und passte ihr Bild von ihrem rätselhaften Arbeitgeber an. „Das ist einfach schrecklich. Ist sie noch da?"

„Leider, aber zum Glück lebt sie in New York. Sie sollte ihr Gesicht hier besser nicht so schnell zeigen."

Sunday nickte und bald ging sie zurück in ihr Büro, um mit der Arbeit zu beginnen. Sie konnte nicht aufhören, an das zu denken, was Carmen ihr gesagt hatte, und fragte sich, ob Ludovico überhaupt eine Ahnung davon hatte, dass sein Sohn von seiner Frau missbraucht wurde. Sunday schüttelte den Kopf, wütend auf River.

Sie hatte keine Zeit für Männer oder Frauen, die Kinder missbrauchten. Sie verfiel der Versuchung und tippte Ludos Namen in eine Suchmaschine. Sie fand Bilder von einem gutaussehenden, silberhaarigen Mann mit einer viel jüngeren Frau – eine Frau, die Sunday sofort erkannte. „Niemals", zischte sie leise.

Angelina *Miststück* Marshall. Die böse Hexe der Upper East Side. Sunday lächelte grimmig. Plötzlich schien der Missbrauch nicht mehr so überraschend. Angelina wurde sowohl gefürchtet als auch geschmäht, aber ihr Geld, ihre Position als Tochter einer der mächtigsten Familien New Yorks, bedeutete, dass die Menschen um sie herum schwindelten, trotz allem. Sunday, oder besser gesagt, Marley, hatte die Frau einmal für einen Ausschnitt für die Vorabendsendung interviewt und sie immens verabscheut. Sie nannte Angelina „Die Dame der ewigen Opferposition", nachdem die Frau behauptet hatte, an mehreren schweren Krankheiten gelitten zu haben, ohne irgendeinen Beweis für einen so schlechten Gesundheitszustand. Als Marley sie in der Sendung entblößt hatte, hatte sie sich zum Feind der anderen Frau gemacht. Angelina hatte Marleys Chef angerufen und verlangt, dass Marley gefeuert wird. Jack, der Besitzer des Senders, hatte sich strikt geweigert. Sie kümmerten sich nicht um Leute wie Angelina Marshall.

Nun fragte sich Sunday, ob Ludo über seine Ex-Frau geschrieben hatte. Sie blätterte durch die Tagebücher, stellte aber fest, dass sie aufhörten, bevor Rivers Mutter gestorben war. Sunday kaute auf ihrer Lippe. Auf eine Ahnung hin ging sie zu Carmen und fragte sie, ob es noch mehr Tagebücher gäbe.

„Oh ja, Schatz, es wird noch ein paar mehr Bände geben. River sagte mir, ich solle dir ein Paar nach dem anderen geben, damit du dich nicht überfordert fühlst."

„Verstanden."

„Gibt es einen Grund, warum du gefragt hast?"

Ja. *Ich kenne Angelina Marshall.* „Nein, nur so, da die beiden, die du mir gegeben hast, anscheinend nur zu einem bestimmten Datum kommen."

Carmen wischte sich die Hände ab. „Komm mit mir." Sie führte sie durch das Haus und in ein großes Arbeitszimmer. „Nun, urteile nicht, aber das ist Ludos Arbeitszimmer. Nicht sein *richtiges* Arbeitszimmer, weißt du, aber River ließ es genau nachahmen, als er das Haus bauen ließ. Hier drüben."

Sie zeigte auf ein Bücherregal, das vom Boden bis zur Decke reichte. Sunday stöhnte fast vor Glück, als sie es sah. Es sah ein wenig aus wie die Bibliothek aus *Die Schöne und das Biest*. Sie fuhr mit einer flachen Hand über die Buchrücken. „Himmel."

Carmen kicherte. „Ich wusste, dass du deinen inneren Nerd versteckst. River ist genauso bei Bibliotheken. Ich bin sicher, es würde ihm nichts ausmachen, wenn du dir etwas leihen würdest. Und wenn du mehr von Ludos Tagebüchern willst, dann tu dir keinen Zwang an."

Carmen ließ sie die Bibliothek in Ruhe genießen. Sunday hob ein paar von Ludos Tagebüchern heraus und trug sie zurück in ihr Büro. Ihr Interesse war jetzt geweckt und sie durchsuchte sie, bis sie die erste Erwähnung von Angelina fand. Auf der Couch sitzend, las sie ein paar Stunden lang. Der Tag verging bald und obwohl sie fast ein ganzes Tagebuch gelesen hatte, hatte sie nichts Ungewöhnliches gefunden. Sie staunte über Ludos Liebe zum Detail - der Mann dokumentierte alles außer seinen Badezimmergewohnheiten, fand sie heraus, und doch war es nie langweilig. Sie entschied, dass sie Ludovico Giotto sehr gerne kennengelernt hätte. Er war warmherzig und humorvoll und betete seine erste Frau und seinen Sohn offensichtlich an.

Carmen hatte ihr gesagt, dass sie heute halbtags frei hatte und so packte Sunday am Abend ihre Tasche und ging durch das stille Haus. Die Stille des Hauses hatte etwas Tröstliches und doch Aufgeladenes. Draußen stand sie einen Moment lang, hörte das schwache Geräusch von fallendem Schnee und atmete einen tiefen Zug eisiger Luft ein. Ja, sie könnte sich an diesen Frieden gewöhnen.

Wieder einmal überkam sie das Gefühl, beobachtet zu werden. Sie blickte zum anderen Ende des Hauses und lächelte. „Warum kommst du nicht und redest mit mir?" sagte sie laut, hinaus in die Stille, aber es kam keine Antwort. *Wer bist du?* „Was auch immer sie dir angetan hat, ich möchte, dass sie dafür bezahlt." Sunday sagte es leise, zu sich selbst.

Auch nachdem, was ihr alles passiert war, ging sie immer noch aus, schloss neue Freunde, hatte Erfahrungen. Sie konnte sich nicht vorstellen, von etwas so gezeichnet zu werden, dass sie im Exil verschwinden würde.

*Ist das nicht genau das, was du getan hast?*

Nicht freiwillig.

Sunday stieg in ihren Truck und fuhr zurück in die Stadt. Sie sah, dass das Café noch offen hatte und hielt an, um Daisy zu begrüßen.

Ihre Freundin schien sich zu freuen, sie zu sehen. „Hallo. Americano?"

„Ich bin in der Stimmung für heiße Schokolade. Ich brauche den Zucker."

Daisy grinste und nickte einem Stuhl zu. „Schnapp dir einen Stuhl. Ich bringe sie rüber."

Sunday saß da und legte ihre Handtasche auf den Boden

neben sich. Sie nickte Aria zu, die höflich lächelte, aber nicht herüberkam. Sie sprach mit einem gutaussehenden jungen Mann mit dunkelblonden Haaren und blauen Augen, der Sunday interessiert ansah. Aria murmelte ihm etwas zu und beide lachten und Sunday spürte, wie ihr Gesicht errötete. Was war das, Kindergarten?

Daisy brachte zwei Tassen heiße Schokolade mit und setzte sich hin und warf einen verärgerten Blick auf ihre Stiefschwester. „Ignoriere sie", sagte sie Sunday. „Sie ist nie erwachsen geworden. Also, wie läuft es so? Eingelebt? Kennst du River schon?"

Sunday lächelte ihre neue Freundin an. „Gut. Ja und nein. Der mysteriöse Mister Giotto bleibt ein Fremder. Ich habe Cleo gestern Abend im Diner getroffen." Aus irgendeinem Grund wollte sie den entzückenden Fremden, den sie mit nach Hause genommen hatte, nicht erwähnen. Das war für sie allein, ihr schmutziges kleines Geheimnis.

Daisy grinste. „Ich liebe Cleo. Sie ist einfach so cool. Ich bin ein Trottel und doch entschied sie sich dafür, dass ich ihre beste Freundin werden sollte. Sie ist aus New York, weißt du?"

„Das wusste ich nicht." Eine kleine Welle des Unbehagens entstand in Sundays Bauch – würde Cleo sie erkennen? Daisy bemerkte ihre Unruhe nicht.

„Nun, wie auch immer, also läuft der Job gut? Ich bin nicht überrascht, dass sich River versteckt."

„Wie ist er so? Ich weiß, dass er sechsunddreißig und ein Künstler ist, aber das ist alles, was ich weiß." Sunday wusste, dass sie Daisy nicht nach Informationen anzapfen sollte, dass sie auf ihre zaghafte Freundschaft zurückgriff, aber sie konnte sich nicht helfen. Seitdem sie von Rivers Stiefmutter erfahren hatte ... fühlte sie, dass sie mehr wissen musste.

„Wunderschön aussehend, aber auch ein wenig ..." Daisy suchte nach dem richtigen Wort. „Nicht finster, sondern ... oh Mist, ich versuche, das richtige Wort zu finden. Grüblerisch. Er hat immer diesen bekümmerten Blick an sich. Ich mag ihn; er sagt die Dinge, wie sie sind, und lässt sich nicht mit Spielchen aufhalten." Sie schoss einen Blick zu ihrer Schwester hinüber. „Wahrscheinlich haben er und Aria deshalb nicht durchgehalten. Wie auch immer, er bleibt unter sich, wie du weißt. Früher kam er auf einen Kaffee vorbei, plauderte mit Einheimischen, aber diese Zeiten sind Vergangenheit. Eine Schande." Sie beobachtete Sunday. „Und du hast ihn wirklich nicht gesehen?"

Sunday schüttelte den Kopf. „Ich habe Luke Maslany getroffen."

Daisys Lächeln wurde breiter. „Oh, ich liebe Luke. Er ist wie ein großer Teddybär. Ich bin so in ihn verknallt."

„Du solltest ihn um ein Date bitten", sagte Sunday und Daisy lachte.

„Richtig ... Er ist ein großartiger Arzt und ich habe ein Café."

„Und? Luke scheint mir ziemlich bodenständig zu sein und es ist nichts falsch daran, ein Café zu besitzen. Du bist Unternehmerin. Dieser Ort ist wunderbar. Ich bin sicher, ich würde mich nirgendwo anders so willkommen fühlen."

„Du bist süß. Aber wirklich, Luke liegt weit außerhalb meiner Liga."

Sunday sah Daisy ungläubig an. Daisy war wunderschön, mit sanften Kurven und Wärme. „Niemand ist außerhalb *deiner* Liga, Süße."

Daisy rollte mit den Augen. „Netter Spruch. Was ist mit dir? Irgendeinen fester Freund? Oder eine feste Freundin? Ich sollte nichts einfach vermuten."

Sunday grinste. „Mädel, wenn ich auf Frauen stehen würde, würde ich dich jetzt anmachen." Sie lachten beide. „Aber nein. Keinen Freund. Schon seit einiger Zeit nicht mehr."

„Da ist eine Geschichte hinter, nicht wahr?" sagte Daisy, die Sundays Gesichtsausdruck las und sie nickte.

„Ja. Aber für ein anderes Mal."

„Verstanden."

ALS SUNDAY ZURÜCK ZU IHRER WOHNUNG GING, blickte sie rüber zum Diner und fragte sich, ob ihr einstmaliger Liebhaber heute Abend wieder dort auftauchen würde. Sie hatte bereits entschieden, dass sie nicht da sein würde. Die letzte Nacht war wild, verrückt und berauschend gewesen – und ein Einzelfall. Sie brauchte die Nachteile nicht, so sehr sie sich auch wieder nach dieser Berührung sehnte.

*Nein.*

*Auf keinen Fall.*

## KAPITEL SECHS

River hockte sich hinunter, um seine Tochter in die Arme zu nehmen. „Hallöchen Gürkchen."

Berry, ein Gewirr aus dunklen Locken und einem riesigen Lächeln, kicherte. „Ich bin keine Gurke, Daddy!"

„Doch, das bist du, große Gurke. Hey, Lins." Er erhob sich, Berry in seinen Armen, um seine Ex-Geliebte zu begrüßen, die ihn dankbar anlächelte.

„Hey River. Hör zu, ich kann dir nicht sagen, wie dankbar ich dir dafür bin."

Er tat ihren Dank ab. „Es ist immer ein Vergnügen, sei nicht albern. Lass uns frühstücken gehen. Ich weiß, dass das Essen am Flughafen nicht so toll ist, aber ich weiß, wo wir hingehen können, wenn du Zeit hast?"

Lindsey, eine süße, dunkelhaarige Frau, nickte ihm zu, aber in ihren Augen war etwas, das ihn neugierig machte. „Natürlich."

Als sie eine Stunde später in einem Diner frühstückten, sagte sie es ihm. „Stufe 4", sagte sie einfach und Rivers Herz brach.

„*Nein*. Oh Gott ... Lins."

„Einfach mein Pech, was? Nur der kleinste Knoten, kaum spürbar, aber anscheinend sitzt er tief und ist weit gestreut. Leber, Lunge, Gehirn."

„Gott." River nahm ihre Hand und sie drückte die seine. „Liebling ... hör zu, wir können etwas tun. Sloan Kettering oder irgendwo in jedem Land, das dich behandeln kann, wir können das schaffen."

Lindsey berührte sein Gesicht. „Du bist der süßeste Mann, River Giotto, aber ich fürchte, das ist schon lange vorbei. Es ist okay, ich habe meinen Frieden geschlossen. Es ist nur ..." Ihr Blick glitt zu Berry, die einen riesigen Stapel Heidelbeerpfannkuchen aß, ein Blick von höchster Konzentration auf ihrem Gesicht. „Ich hasse den Gedanken, zu gehen ..." Sie blickte mit Tränen in den Augen auf River zurück. „Und ich weiß, dass du nicht um all das gebeten hast, um uns, um sie, aber ..."

„Lindsey, es wäre meine Ehre, mein Privileg und meine absolute Verantwortung. Ich hasse es, dass du das Gefühl hast, dass du fragen musst. Natürlich ... *natürlich ...*"

Lindseys Schultern sackten ein und sie ließ den Tränen ihren Lauf. „Ich kann dir nicht sagen, wie erleichtert ich bin. Ich hatte solche Angst, dass sie allein gelassen würde."

„Niemals. Nie-*niemals*", sagte River mit Nachdruck und zog Lindsey in seine Arme und umarmte sie fest. „Wir sind eine Familie. Eine ungewöhnliche, ja, aber andererseits weiß ich nicht, was normal ist. Du hast mein Wort, Lindsey. Berry wird nichts vermissen, vor allem nicht Liebe."

SIE REDETEN STUNDENLANG. LINDSEY ERZÄHLTE IHM, dass die Ärzte ihr ein paar Wochen gegeben hatten. „Wenn ich Glück habe. Ich muss mich von allen verabschieden, aber ich will Berry nicht traumatisieren. Wenn ich darf ... Ich wünsche mir, dass wir am Ende zusammen sind."

„Natürlich. Schau, ich könnte mit dir reisen. Mich um Berry kümmern. Dann können wir alle die ganze Zeit zusammen sein."

Lindsey sah ihn überrascht an. „Das würdest du tun?"

„Natürlich. Ich verstehe, warum du sie vor dem Schlimmsten schützen willst, aber glaub mir, sie wird es später herausfinden und sich fragen, warum du weggegangen bist, obwohl ihr hättet zusammen sein können. Vertrau mir, Liebling, wir können das schaffen."

Lindsey fing wieder an zu weinen. „Du bist ein bemerkenswerter Mann, River Giotto."

Später, während Lindsey und Berry sich ausruhten, rief River Carmen an und erklärte die Situation. „Kann ich dich bitten, mir einen Koffer zu packen und ihn hierherbringen zu lassen? Ich will keinen Moment mit den beiden verschwenden."

„Natürlich ... oh, es ist einfach so traurig. Hör zu, mach dir keine Sorgen. Und ich ... werde ein Zimmer für Berry vorbereiten, wenn ihr zurückkommt."

River schloss die Augen. „Danke, Carmen. Ich weiß, dass dies eine seltsame Situation ist. Ich hasse es, das zu sagen, aber ich glaube nicht, dass wir lange weg sein werden."

Nachdem er aufgelegt hatte, blickte er zu seiner schlafenden Ex-Geliebten und ihrer Tochter hinüber. Es stand für ihn außer Frage, dass er mit ihnen gehen würde, um sich von Lindseys Lieben zu verabschieden. Er würde dafür sorgen, dass sie luxuriös reisen und von jedermann verhätschelt würden. Er hatte keine Ahnung, wie sie dem Kind sagen sollten, dass Mami nicht mehr lange da sein würde. Wie zum Teufel konnte man das einer Fünfjährigen erklären?

Sein Herz pocht vor Schmerz und er trat aus dem Hotelzimmer, um eine Zigarette auf dem Balkon zu rauchen. Mann, er fühlte sich, als würde das Leben einfach mit ihm davonlaufen, als hätte er keine Kontrolle. Arbeit, Familie, sein schlechtes Sehvermögen.

Und die Tagebücher seines Vaters und die Frau, die sie für ihn transkribiert. Sunday Kemp. Schon ihr Name ließ seinen Schwanz versteifen. Er hatte sie ein paar Mal beim Verlassen seines Hauses beobachtet, wusste, dass sie ihn dort gespürt hatte, sah ihr schüchternes Winken. Er hatte sogar gehört, wie sie ihm sagte, er solle kommen und mit ihr reden.

Wenn sie nur wüsste ...

Aber im Moment musste er sich konzentrieren und vielleicht würde es ihm helfen, für ein paar Wochen von Colorado weg zu sein. Vielleicht hätte sie bis dahin die Tagebücher seines Vaters transkribiert, etwas über den Horror seiner Familiengeschichte herausgefunden und wäre gegangen, wenn er mit Berry zurückkam.

Vielleicht könnte er aufhören, an sie zu denken.

Vielleicht ...

*New York ...*

ANGELINA MARSHALL DREHTE SICH UM UND RUTSCHTE aus dem Bett. Brian Scanlan beobachtete sie mit einem kritischen Blick, als sie in eine Seidenrobe schlüpfte und zur Dusche ging. „Du hast mehr Gewicht verloren."

Angelina ignorierte ihn. Es war wahr, sie hatte abgenommen, aber sie sah es nicht als negativ an. Sie passte in jedes High-End-Designerstück und sah dabei gut aus. Ihre hohen Wangenknochen waren vielleicht prominenter, als sie es gerne hätte, und der ständige Kampf mit der grauen Blässe ihrer Haut war ein Ärgernis, aber sonst wusste sie, dass sie eine schöne Frau war.

Wenn nicht, wie kam es dann, dass Brian immer wieder mit ihr schlief? Und die anderen auch. Angelina genoss Sex nicht besonders, sie genoss nur die Macht, die er ihr über die Männer gab.

„Und?" Sie ging zum Tisch, wo sechs Linien feinen weißen Pulvers lagen, die auf dem Glas aufgereiht waren. Sie schniefte zwei Linien ein und nickte sie an. „Das ist gut. Viel Spaß."

Scanlan zog sich bereits an. „Nicht meine Szene, aber danke."

Angelina grinste. „Seit wann? Du bist der größte Kokser, den ich kenne."

„Nicht mehr. Ich brauche einen klaren Kopf."

„Ah. Wegen der vermissten Journalistenschlampe?"

Sie bemerkte nicht, dass seine Augen von grau zu eisig weiß wurden. „Sie ist keine Schlampe. Aber ja, ich muss mich konzentrieren, wenn ich sie finden will."

Angelina lehnte sich zurück auf die Couch, kreuzte ihre Beine und ließ ihre Robe auffallen. „Sicherlich war ihre Abreise aus der Stadt eine klare Botschaft. Sie ist nicht interessiert. Und warum um alles in der Welt solltest du sie noch anmachen, nachdem du versucht hast, sie zu töten?"

„Ich habe nicht versucht, Marley zu töten", zischte Brian. „Das war ein Fehler."

„Du hast ihr in den Bauch geschossen, nicht wahr? Was für ein Fehler."

Sie hatte kaum Zeit zu reagieren, bevor seine Hand um ihren Hals war. „Erstens habe ich niemanden erschossen. Meine Hände sind sauber. Zweitens war Marley nicht das beabsichtigte Ziel und der verantwortliche Mann wurde erledigt. Drittens, du hältst deinen Hurenmund oder dir passiert etwas Schlimmes."

Angelina hatte keine Angst. Tatsächlich machte seine

Rauheit sie an und sie sah ihn mit neuem Respekt an. „Schön."

Er ließ sie frei und zog sich weiter an. Angelina leckte ihre Lippen. „Warum vergisst du nicht, dich anzuziehen und fickst mich noch mal?"

Scanlan blieb stehen und überlegte. „Komm hier rüber", sagte er schließlich und sie gehorchte ihm. Er drückte sie auf das Bett, öffnete den Reißverschluss seiner Hose und machte sich nicht die Mühe, sich anderweitig auszuziehen. „Blas mir einen", befahl er und sie folgte seiner Anweisung, nahm ihn in den Mund und neckte ihn, reizte seine Spitze mit ihrer Zunge. Sie lächelte, als sie sein Stöhnen hörte, aber dann, als sie ihn den Namen einer anderen Frau rufen hörte – *Marley! Marley!* – brach ihre Wut aus und sie biss zu ... hart.

Mit einem Aufschrei schlug er sie hart ins Gesicht und schleuderte sie auf den Boden, ihr Kiefer pochte. „Verfluchte Schlampe!" Er trat ihr hart in den Bauch, dann packte er seine Jacke, steckte seinen verwundeten Schwanz wieder in seine Hose und stürmte hinaus.

Angelina rollte sich auf den Rücken und lächelte vor sich hin. Der geprellte Kiefer war es wert. Den Psycho Scanlan aufzuregen, war berauschender als jeglicher Sex. Sie hatte ihn vor einigen Jahren getroffen und die gleichen narzisstischen Tendenzen in ihm erkannt, die sie in sich selbst genoss. Sie liebte die Gewalt in ihm –

sie inspirierte ihre eigene Blutgier. Als er sein Objekt der Zuneigung getroffen hatte, hatte Angelina gelacht. Ja, vielleicht hatte er nicht vor, Marley Locke zu töten, aber Angelina war schon einmal zu oft das Opfer von Marleys scharfer Intelligenz gewesen und sie hatte sich bei dem Gedanken an die junge Frau – die zu schön für Angelinas Geschmack war – erfreut, die von der Kugel eines Attentäters niedergestreckt wurde. Sie hatte es sogar geschafft, sich in Marleys Zimmer zu schmuggeln, als sie nach der Schießerei im Koma lag. Als sie auf ihre Nemesis starrte, hatte sie sich gefragt, warum Scanlan so besessen von ihr war.

Aber andererseits kannte Angelina Besessenheit. Ihr Stiefsohn, nur wenige Jahre jünger als sie selbst, war ihre. River. Schöner, verletzlicher, brillanter River. Angelina hatte Ludo absichtlich verfolgt, um an seinen Sohn zu heranzukommen, und es gelang ihr, den alten Mann zu verführen, nur damit sie dem Jungen nahekommen konnte. Aber River hatte mehr von ihm gehabt, als sie gedacht hatte. Hinter diesen erstaunlich grünen Augen war ein Mann, der wusste, was er wollte – und er hatte Angelina direkt durchschaut. Als sie ihren Zug gemacht hatte, nach Ludos Tod, hatte River sie gänzlich abgelehnt, sein Abscheu vor ihr war ein tobendes, wütendes Ding.

Egal. Mit der Zeit würde er ihr gehören. Es war schon ein paar Jahre her und die Neuigkeiten aus Colorado waren nach Manhattan gelangt. River verlor sein

Augenlicht, oder zumindest teilweise. Sie kannte ihn genug, um zu wissen, dass es ihn umbringen würde, nicht malen zu können.

Vielleicht war es an der Zeit, dass seine liebevolle Stiefmutter ihm einen Besuch abstattete, um ihn in seiner Stunde der Not zu trösten. Angelina lachte vor sich hin. Ja.

Vielleicht *war* es an der Zeit.

## KAPITEL SIEBEN

*April, Colorado ...*

WAS SUNDAY BETRAF, SO WAREN DIE LETZTEN ZWEI Monate, die Arbeit an den Tagebüchern, die Freundschaften, das Treffen mit den freundlichen Leuten von Rockford einige der glücklichsten ihres Lebens. Jeden Tag stand sie früh auf, trank einen Frühstückskaffee mit Daisy oder Cleo oder manchmal mit beiden, dann fuhr sie zum Giotto-Haus – sogar sie nannte es jetzt das Schloss.

Carmen hatte ihr gesagt, dass River für ein paar Wochen aus der Stadt berufen worden war und dass Berry nach seiner Rückkehr für immer bei ihm sein würde. In der zweiten Aprilwoche sagte Carmen ihr, dass sie in der folgenden Woche wiederkommen würden. „Ich muss ein Zimmer für Berry vorbereiten", sagte sie zu Sunday. „Ich nehme nicht an, dass du mir helfen könntest, ein paar Dinge auszusuchen, oder?"

„Natürlich würde ich das gerne." Sunday war berührt. Sie und Carmen waren sich in den letzten Monaten nahegekommen und die Tatsache, dass sie Sunday einen so wichtigen Job anvertraut hatte, bedeutete für sie die Welt.

Sie fuhren nach Montrose und fanden einen Ort, um Farbe und Bilder für die Wände des Raumes zu kaufen. Sunday fragte Carmen, wie Berry war, was sie gerne tat und als sie herausfand, dass sie ein Bücherwurm war, („genau wie ihr Vater"), schlug Sunday vor, dass sie ihr eine kleine Lesehöhle in einer Ecke des Raumes bauen sollten. „Wir können Lichterketten und Kissen hinzufügen und es zu einem kleinen Fluchtort für sie machen."

„Ich liebe diese Idee", schwärmte Carmen und lachte. „Ich wünschte, ich hätte selbst eine."

„Ich schwöre, ich werde nie aus dem Wunsch nach einer Leseecke herauswachsen", kicherte Sunday. „Apropos Bücher, lass uns ein paar Bücherregale für sie aussuchen."

Sie hatten einen wunderbaren gemeinsamen Einkaufstag, genossen ein Mittagessen, fuhren dann zurück und unterhielten sich.

Sie verbrachten die Woche damit, Berrys Zimmer vorzubereiten, es einzurichten und am Tag, bevor River und Berry nach Hause kamen, stellte Sunday sicher, dass alles in Ordnung war. Sie arbeitete bis nach Mitternacht und beschloss, in ihrem Büro auf der Couch zu schlafen, anstatt nach Hause zu fahren. Sie konnte ihre Augen kaum öffnen, als sie zufrieden feststellte, dass alles bereit war.

Sie zog sich bis auf ihre Unterwäsche aus und zog eine Bettdecke über sich. Sie war so erschöpft, dass sie sofort einschlief und nur halb mitbekam, wie jemand seine Arme unter ihren Nacken und ihre Knie schob und sie hochhob. Sie fühlte die Kälte der Nachtluft, dann, als sie sanft auf ein Bett gelegt wurde und eine warme Decke über sie gezogen wurde, murmelte sie einen Dank und schlief wieder ein.

AM MORGEN WACHTE SIE AUF UND ERKANNTE, DASS SIE sich in einem Raum befand, den sie noch nie zuvor gesehen hatte. Das Bett war riesig, gekleidet in saubere weiße Laken und eine marineblaue Bettdecke. Ein Morgenmantel lag über dem Ende des Bettes und für einen Moment fragte sie sich, ob sie im Begriff war, jemanden aus dem angrenzenden Badezimmer kommen zu sehen.

Aber der Raum war ruhig. Sie zog das Gewand an und spritzte sich Wasser ins Gesicht. Es lagen eine brandneue Zahnbürste und Toilettenartikel an der Seite und sie duschte rasch und schob ihre Unterwäsche in die Tasche des Morgenmantels. Nachdem sie sich die Zähne geputzt hatte, machte sie sich auf den Weg in die Küche. Sie hörte Carmens Stimme, dann lachte ein Kind. Schüchtern steckte sie ihren Kopf durch die Tür. Carmen sah sie. „Hallo, Schlafmütze. River sagte, du hättest tief und fest geschlafen."

*River* hatte sie ins Bett getragen? Sie hatte ihn noch nie gesehen, aber er war so sanft zu ihr gewesen, so fürsorglich. Sie lächelte das kleine Mädchen am Frühstückstresen an. „Hallo. Du musst Berry sein."

„Das bin ich, hallo. Du bist Sunday?"

Sunday grinste. Carmen hatte ihr gesagt, dass Berry sehr altklug war. „Das bin ich. Es ist sehr schön, dich kennenzulernen."

„Auch schön, dich kennenzulernen", sagte Berry formell und stieg von ihrem Stuhl herunter. Zu Sundays Überraschung hielt das kleine Mädchen ihre Arme hoch und wollte, dass Sunday sie hochhob. Sunday blickte auf eine strahlende Carmen, die ermutigend nickte. Sunday beugte sich vor und hob das kleine Mädchen in ihre Arme. Berry pflanzte sofort einen riesigen Kuss auf ihre Wange. „Danke für meine

Buchhöhle. Tante Carmen sagte, es war alles deine Idee. Ich liebe es."

Sunday errötete. „Nun, gerne geschehen, aber Tante Carmen war genauso beteiligt. Wir hatten beide viel Spaß dabei, sie für dich zu machen."

Sie setzte sich hin und setzte das kleine Mädchen auf ihren Schoß. Carmen schob ihr eine Tasse Kaffee rüber. Berry beobachtete sie und grinste. „Sunday ist ein schöner Name. Du hast schöne Haare." Sie rollte eine Locke von Sundays braunen Haaren um ihren kleinen Finger. „Meine Mami hatte auch schöne Haare. Wir haben sie für den Sarg ganz besonders schön gemacht. Meine Mami ist im Himmel."

Tränen traten in Sundays Augen. „Ich weiß, Schätzchen. Es tut mir so leid."

„Ich war traurig, aber Daddy sagte mir, dass Mami immer auf meiner Schulter sitzen wird. Wie ein Engel." Sie klopfte sich auf die Schulter. „Also, wenn ich einsam bin, kann ich mich hier berühren und Mami wird meine Hand halten, auch wenn ich sie nicht sehen kann." Berry blickte über Sundays Schulter und lächelte. „Nicht wahr, Daddy?"

„Das stimmt, meine Kleine."

Sunday fühlte einen Stromstoß, als sie sich umdrehte und schließlich den Mann sah, der sie vor all den Monaten angeheuert hatte, in dem Wissen, noch bevor sie ihn sah, dass sie sich tatsächlich bereits getroffen hatten.

Sie drehte sich um, um in die strahlend schönen grünen Augen des Giotto zu schauen, dem Mann, der in dieser wunderbaren, unglaublichen Nacht mit ihr geschlafen hatte.

Sie bemühte sich, Ruhe zu bewahren und schüttelte sogar seine Hand, als hätten sie nicht miteinander geschlafen. Irgendwie hielt sie das Frühstück durch und als sie ihre Kleider abholen ging, wusste sie irgendwie, dass er ihr folgen würde.

Als sie sich nach unten beugte, um ihre Jeans zu greifen, fühlte sie, wie seine Arme um ihre Taille glitten. Für eine Sekunde war sie versucht, ihn wegzustoßen, wütend auf ihn zu sein, weil er nicht verraten hatte, wer er war, aber in der Sekunde, in der seine Lippen gegen ihren Hals drückten, war sie verloren. Sie drehte sich in seinen Armen und blickte zu ihm auf. Gott, er war wunderschön. Seine Augen waren jedoch müde und voller Traurigkeit und sie konnte nicht anders, als die Linien an seinem Augenwinkel zu glätten.

„Hi", flüsterte sie.

„Hallo nochmal", erwiderte er und dann waren seine Lippen auf ihren. Der Kuss dauerte an, bis sie sich zum Luftholen lösen mussten.

„Es tut mir leid. Ich hätte dir in dieser Nacht sagen sollen, wer ich bin."

Sie schüttelte den Kopf. „Es ist alles in Ordnung. Es war eine perfekte Nacht."

„Für mich auch. Aber ich konnte mich nicht dazu durchringen, dich hier zu besuchen. Ich weiß nicht, warum. Vielleicht hat es etwas mit den Aufzeichnungen meines Vaters zu tun. Ich habe versucht, dich von deiner Arbeit zu trennen, schätze ich." Er streichelte mit der Rückseite seiner Finger über ihr Gesicht. „Ich wollte dich in dem Moment, als ich dich sah, Sunday Kemp. Du passt hier so gut rein, dass ich wusste, dass es Schicksal sein muss. Aber dann ... Berry und ihre Mutter."

„Es tut mir so leid wegen Lindsey. Es muss so schwer für dich gewesen sein."

„Es war schlimmer für sie und Berry. Aber wenigstens konnte sie zu ihren eigenen Konditionen gehen, mit ihrer Familie um sie herum." Er sah erschöpft aus und Sunday legte ihre Arme um seinen Kopf. Er legte ihn auf ihre Schulter ab. „Als ich gestern Abend nach Hause kam und dich auf dieser Couch schlafen sah ..."

„Wo hast du geschlafen?"

„Hier."

Sie brachte ihn dazu, sie anzusehen. „Du hättest bei mir bleiben sollen."

Er lächelte sanft. „Ich wollte es mir nicht anmaßen." Er zog seine Hand über ihre Seite und ließ sie vor Lust zittern. Er streifte den Morgenmantel von ihren Schultern und ließ ihn zu Boden gleiten. „Du bist so schön", flüsterte er und fiel auf die Knie und begrub sein Gesicht in ihrem Bauch.

Sunday fühlte, wie seine Zunge einen Kreis um ihren Nabel zog und tief in ihn eintauchte. Seine Lippen zogen über ihren Bauch, dann trennten seine Hände ihre Beine und sein Mund fand ihr Geschlecht. Sie keuchte, als seine Zunge um ihre Klitoris strich und stöhnte leise, als seine Finger das weiche Fleisch ihrer inneren Oberschenkel kneteten.

Sie streichelte seine dunklen Locken, während er ihr Vergnügen bereitete, und als sie keuchend kam, stand er auf und zog sie auf die Couch. Er zog ein Kondom aus der Rückseite seiner Jeans und ließ sie über seinen schelmischen Blick kichern. „So gut vorbereitet."

Er küsste sie, als er eilig das Kondom über seinen steifen Schwanz rollte, dann schlang Sunday ihre Beine um ihn, als er in sie eindrang, sein dicker Schwanz begrub sich tief in ihr.

Ihre Blicke waren ineinander verschränkt. „Gott, ich will dich so sehr", knurrte er fast, als sie begannen, sich zusammen zu bewegen. „Ich habe seit dieser Nacht nicht aufgehört, an dich zu denken."

Sunday lächelte ihn an. „Ich auch nicht. Verdammt, River Giotto ... warum hast du so lange gebraucht?"

Er lachte leise, aber dann sprach keiner von beiden, da sich die Intensität zwischen ihnen aufbaute und sie nur noch gegenseitig den Namen des anderen keuchen konnten, als sie ihren Höhepunkt erreichten.

Danach half er ihr beim Anziehen und hielt alle paar Augenblicke an, um sie zu küssen. River fuhr mit der Hand durch sein Haar und lachte ein wenig unsicher. „Also", sagte er, „willkommen im Geschäft."

Sie lachten beide. „Ich bin sicher, dass wir gerade jedes Arbeitsgesetz gebrochen haben, das es gibt", sagte Sunday. Ihr Körper kribbelte immer noch vom Liebemachen mit diesem Mann, aber es war ihr völlig egal. Er war so anders, als sie es sich vorgestellt hatte, aber sie konnte den Schmerz in seinen Augen sehen.

Sie legte ihre Hand auf seine Wange. „Ich weiß, dass wir uns noch nicht kennen, aber ich möchte, dass du es weißt. Ich bin hier. Ich helfe dir, wo immer ich kann, besonders bei Berry, und ich meine nicht, dass ich etwas von dir erwarte. Ich will nur, dass du weißt, dass du das nicht alleine machen musst."

River lächelte. „Du bist wirklich sehr süß, mein Liebling. Ich muss gestehen, ich nehme jeden Tag, wie er kommt." Er streichelte ihr Gesicht. „Und ich freue mich darauf, dich kennenzulernen, auf dem richtigen Weg. Nochmals, es tut mir leid, dass ich dir nicht gesagt habe, wer ich an diesem Abend im Diner war. Ich wollte nur ... dich."

„Entschuldige dich nicht dafür", kicherte Sunday und zog sich ihr T-Shirt über den Kopf. Sie zerrte ihr langes Haar heraus und ließ es in unordentlichen Wellen um sich herum fallen. River sah sie mit Verlangen in seinen Augen an.

„Gott, du bist wunderschön." Er zog sie wieder in seine Arme und seine Lippen fanden ihre. Gott, er war berauschend, aber schließlich zog sich Sunday zurück.

„Ich denke, wir sollten es langsam angehen, River. Berry wird dich brauchen. Ich werde hier sein, wenn du mich brauchst oder willst."

„Ich werde dich immer wollen", grinste er, aber dann seufzte er. „Aber du hast Recht. Berry ist meine Priorität und ich möchte, dass du weiterhin die Tagebücher meines Vaters transkribierst, wenn es dir nichts ausmacht."

„Überhaupt nicht. Es ist faszinierend."

River lächelte halb. „Meinen Vater kennenzulernen?"

„Ich hoffe, es ist nicht unangebracht zu sagen, dass ich mich in deinen Vater verliebt habe. Was für ein warmer, freundlicher Mann. Kein Wunder, dass du wissen willst, was er geschrieben hat." Sie lächelte ein wenig schüchtern. „Er liebte dich, River, aber das weißt du wahrscheinlich. Es gab einen Teil ... darf ich ihn dir vorlesen?"

River nickte und sie konnte die Emotionen in seinem Gesicht sehen. Sie setzte sich an ihren Schreibtisch und suchte nach dem Teil der Datei, den sie wollte.

*„Selbst wenn wir nie ein weiteres Kind haben, ist es egal. River fordert uns jeden Tag heraus; sein ruhiges Genie schon in so jungen Jahren ist für mich erstaunlich. Ich konnte mir nicht vorstellen, ein anderes Kind so sehr zu lieben wie meinen Sohn."*

Sie hielt an und schaute auf River. Er blickte von ihr weg, aus dem Fenster und sie erkannte, dass er sich schwer tat. „Es tut mir leid, River. Ich dachte, du würdest das gerne wissen ..."

„Danke." Er sagte es leise, aber die Emotionen waren rau. „Ich musste es hören."

Er streckte seine Hand aus und sie nahm sie und sie gingen zusammen zurück in die Küche. Wenn Carmen sich über ihre verschränkten Hände wunderte, zeigte sie es nicht und die vier saßen eine Weile da und plauderten, bis sie Luke von der Haustür aus rufen hörten. Berry sprang vom Schoß ihres Vaters und ging, um ihren 'Onkel' zu begrüßen.

Luke grinste sie an, als er hereinkam, Berry saß auf seinen Schultern. „Hey Leute. Alle sind hier."

Carmen schob ihm eine Tasse heißen Kaffee zu und er dankte ihr. Er starrte seinen besten Freund an. „Also, du hast Sunday *endlich* kennengelernt?"

River und Sunday tauschten einen amüsierten Blick aus. „Das könnte man so sagen."

SUNDAY SAH ZU, WIE RIVER, BERRY, CARMEN UND LUKE plauderten. Dies war eine Familie, die engste, die sie seit vielen Jahren gesehen hatte. Und jetzt war sie ein Teil davon? Wie anders ihr Leben geworden war, schon in dieser kurzen Zeit.

Sie fühlte eine Welle von Emotionen und entschuldigte sich damit, das Badezimmer benutzen zu müssen. Sie spritzte sich mehr Wasser ins Gesicht und starrte sich im Spiegel an. Ihr Haar war durcheinander, aber ihre Haut leuchtete, ihre Augen hell und aufgeregt. Aufgeregt. Sie hatte diese Emotion seit dem Tod von Cory nicht mehr gespürt. Ihr Körper fühlte sich elektrisiert, sinnlich an ... in *Flammen*.

Sunday kämmte ihre Finger durch ihr unordentliches Haar, versuchte, es zu ordnen und kehrte dann in die Küche zurück. Sie sah, dass Carmen, Luke und Berry in den kleinen Innenhof hinausgegangen waren, um

Schneeengel zu machen. River lächelte Sunday an und küsste ihre Schläfe. „Geht es dir gut?"

Sie nickte. „Ich versuche nur, mich zurechtzufinden. Vieles hat sich schnell geändert."

„Ich kenne das Gefühl. Schau, ich will dich nicht ausflippen lassen und es gibt eine Menge für uns zu erledigen, aber ich würde es gerne versuchen."

„Ich auch." Sie schob ihren Arm um seine Taille und er umarmte sie eng.

„Es tut mir leid, dass ich mich vorher distanziert habe. Schon vor Berry und ihrer Mutter gab es ... Ich hatte einige Probleme. Ich habe mich nicht um sie gekümmert. Ich weiß immer noch nicht, ob ... naja." Er schenkte ihr ein halbes Lächeln. „Ich werde es versuchen."

Sunday war neugierig, aber sie wollte sich nicht aufdrängen. Er würde es ihr sagen, wenn er es wollte. „Ich kenne etwas, worauf ich gespannt bin", sagte sie mit einem Lächeln, „Ich würde gerne etwas von deiner Kunst sehen. Luke, Daisy, Carmen, sie alle schwärmen davon. Ich weiß, ich hätte es im Internet finden können, aber ich habe abgewartet."

Rivers Augen trübten und verschlossen sich und sie fragte sich, was sie falsches gesagt hatte. „Vielleicht an einem anderen Tag?" Seine Stimme verriet nichts, aber sie nickte.

„Ein anderer Tag wäre toll", sagte sie und drückte seine Taille, als ob sie sagen wollte: „Es ist okay."

River blickte auf sie herab. „Du verstehst es." Fast ein Flüstern.

„Das tue ich. Wir alle haben dieses Ding, River. Das Ding, dem wir nicht ins Auge sehen können. Es ist in Ordnung. Es ist nur menschlich. Wenn du mich brauchst, bin ich hier."

Er wandte sich ihr zu. „Und du? Du solltest wissen, dass ich genauso empfinde."

„Wir müssen uns gegenseitig kennenlernen."

Er nickte. „Wir haben alle Zeit der Welt."

River hatte keine Ahnung, dass seine Worte ihn schon bald verfolgen würden.

## KAPITEL ACHT

In den nächsten Wochen gelang es Sunday und River, sich sowohl um Berry zu kümmern als auch die Zeit zu nehmen, sich gegenseitig kennenzulernen. Sie fielen in einen einfachen Rhythmus – während des Tages war Berry die Priorität für River und Sunday arbeitete. Dann, zum Abendessen, versammelten sie sich alle zum Essen und Unterhalten, manchmal zusammen mit Luke und teilweise sogar Daisy. Nachdem Berry im Bett war, saßen River und Sunday zusammen und unterhielten sich, um sich kennenzulernen.

Der einzige Nachteil war, dass Sunday ihm nicht die absolute Wahrheit über sich selbst sagen konnte. Die ausgewachsene Geschichte, die sie und das FBI erfunden hatten, deckte kaum Fragen ab, die er ihr stellte und Sunday fand sich gelegentlich beim Ausplaudern wieder.

Die Nacht, in der River sie nach dem Schmerz fragte, den er in ihren Augen gesehen hatte, war die Nacht, in der Sunday fast zerbrach und ihm die Wahrheit sagen wollte. Stattdessen erzählte sie ihm von einem Exfreund, der bei einem Verkehrsunfall gestorben war. River war mitfühlend, streichelte ihr Haar, als sie ihr Gesicht an seiner Brust vergrub, mit rosa Wangen vom Lügen. Sie hasste es, ihn anzulügen, sie hasste es.

Das Einzige, worauf Sunday bestand, war, dass sie nicht über Nacht bleiben würde. Sie machten Liebe, dann schlüpfte Sunday aus Rivers Bett, küsste ihn zum Abschied und ging nach Hause. Sie verheimlichten ihre Beziehung nicht als solche, aber Sunday sagte ihm, dass es für Berry zu früh sei, sie zusammen zu sehen.

Sie musste auch herausfinden, was sie von der ganzen Sache hielt. Ihr Körper sehnte sich nach seiner Berührung, aber er blieb ihr immer noch ein Rätsel. Wo sie gezwungen war, ihre Vergangenheit zu verbergen, entschied sich River dafür, Dinge von ihr fernzuhalten. Sunday konnte es ihm nicht verübeln – sie hatte nicht das Recht zu verlangen, dass er ihr etwas erzählte, aber sie fühlte, dass er ihr etwas Großes vorenthielt, etwas, worüber er nur mit Luke sprechen wollte. Es hinterließ bei ihr das Gefühl, als gäbe es eine Kluft zwischen ihnen, die vielleicht nie durchbrochen würde – und im Moment war sie damit einverstanden.

SIE VERBRACHTE VIEL ZEIT MIT BERRY UND WAR SELBST erstaunt, wie leicht sie es fand, in der Gesellschaft des jungen Mädchens zu sein. Sie hatte nie danach gestrebt, Mutter zu werden, und sie würde nie versuchen, Lindsay zu ersetzen, aber sie entdeckte eine Verbindung zu Berry, die sie überraschte. Berry, die jenseits ihrer Jahre weise war, liebte es zu lesen und bat oft darum, dass Sunday mit ihr in der kleinen Buchhöhle spielen würde, die sie für sie gebaut hatte.

River sagte Sunday, dass sie ihm sagen sollte, falls Berry eine Ablenkung war, aber Sunday liebte es, Zeit mit ihr zu verbringen. Manchmal, wenn Berry den Verlust ihrer Mutter sehr spürte, hielt Sunday das kleine Mädchen fest, während sie weinte und schaukelte sie in den Schlaf.

RIVER KAM EINES NACHMITTAGS, WÄHREND SIE arbeitete, in Sundays Büro. Sie war so sehr in die Tagebücher vertieft, dass sie leicht erschrak, als sie spürte, wie seine Arme um sie herum glitten. „Guten Tag, meine Schöne."

Sie drehte sich in ihrem Stuhl, um ihn anzulächeln. „Hey du. Das ist eine nette Überraschung."

River arbeitete normalerweise den ganzen Tag in seinem Atelier und sie störten ihn nie, während er arbeitete. River küsste ihre Wange und setzte sich auf die Couch. „Ich habe nachgedacht ... Ich sollte dich zu einem offiziellen Date ausführen."

Sunday legte ihren Stift hin. „Das musst du nicht. Ich bin nicht die Art von Mädchen, die zum Dinner eingeladen werden muss."

„Ich würde aber gerne." Er lächelte sie an, aber sie konnte die Aufregung in seinem Gesicht sehen. Sie nahm seine Hände.

„River ... es gibt kein Regelwerk, dem wir folgen müssen. Wir können unsere eigenen Regeln aufstellen. Keiner von uns mag Spiele und vergib mir, wenn ich das sage, ich glaube nicht, dass einer von uns bereit ist für ... eine große Verpflichtung."

Sie bereute ihre Worte ein wenig, als sie ein Aufblitzen von Schmerzen in seinen Augen sah. „Das soll nicht heißen, dass ich dich nicht will. Natürlich tue ich das. Ich bin einfach nicht bereit für mehr als das, was wir jetzt haben. Und um ehrlich zu sein, wissen wir immer noch nicht alles voneinander. Oder überhaupt sehr viel." Sie klopfte auf eines der Tagebücher seines Vaters. „Ich habe das Gefühl, mehr über deinen Vater zu wissen als über dich."

River kaute auf seiner Unterlippe, hörte ihr zu und

nickte. „Ich erzähle nicht so gerne", begann er langsam, „aber ich versuche es. Für einige Dinge bin ich einfach nicht bereit. Aber ich weiß, dass ich dich will, dass du die Person bist, mit der ich versuchen möchte, eine Beziehung aufzubauen. Ich bin scheiße bei so was", lachte er plötzlich. „Das bin ich wirklich. Aber trotzdem, lass mich dich ausführen. Auch wenn es nur für einen Kaffee bei Daisy ist."

„Wir könnten auf Aria treffen."

„Aria ist eine erwachsene Frau und unsere Affäre war nur das – eine Affäre."

Sunday überlegte und nickte dann. „Okay, das geht klar. Wir brauchen einen Babysitter für Berry."

Diesmal war sein Grinsen triumphierend. „Ich habe Carmen schon gefragt."

„Schlitzohr."

„Darauf kannst du wetten. Also ... später?"

Sundays Augenbrauen schossen in die Höhe. „Heute?"

River grinste und lehnte sich hinüber, um sie zu küssen. „Ich bin impulsiv. Und ungeduldig."

Sie lachte und umfasste sein Gesicht mit ihren Händen. „Gut. Lass mich einfach noch ein paar Stunden arbeiten."

„Streber".

„Halt die Klappe." Sie grinste ihn an – wenn er so war, lebenslustig und neckisch – konnte sie kaum glauben, dass es derselbe Mann war, der sie so viele Wochen lang gemieden hatte.

NACHDEM ER GEGANGEN WAR, HATTE SEINE GUTE LAUNE sie bereits beeinflusst und Sunday machte die eine Sache, die sie geschworen hatte, dass sie es nie tun würde ... sie googelte ihr altes Selbst. Marley Locke. Die New Yorker Nachrichtenseiten waren voll von Diskussionen darüber, wo sie war, warum sie fortgegangen war – es gab ein paar abwegige, beleidigende Gerüchte, aber Sunday hatte gewusst, dass das passieren würde – sogar bis hin zu den Theorien, dass sie Selbstmord begangen hatte.

Zu ihrer Bestürzung sah sie, dass Corys Familie von der Presse gejagt worden war, begierig auf Antworten. Das Foto seiner Mutter, die erschöpft und verzweifelt aussah, ließ ihren Magen schmerzen. *Es tut mir so leid.*

Sie sah sich das Video ihrer Co-Moderatoren an, die darüber diskutierten, was passiert war – sie berichteten die Wahrheit –, sie hatten keine Ahnung, wann, wo und warum Marley gegangen war. Sunday starrte auf das Bild, das sie von ihr zeigten, ordentlich und professionell in einem maßgeschneiderten Anzug, blonde Haare perfekt frisiert. Wer war diese Person?

Sie hatte gedacht, dass sie ihr Leben genau so gestaltet hatte, wie sie es sich vorgestellt hatte, aber im Nachhinein wusste sie, dass sie darauf trainiert worden war, diese Person zu werden.

Sie lehnte sich zurück und sah ihr Spiegelbild in dem riesigen Glasfenster – dunkle Haare, unordentlich, Augen weit und voller Optimismus – und wusste, dass sie nie wieder zurückkehren konnte, auch wenn die Gefahren um ihr Leben nicht da waren. „Keine Marley mehr. Nie mehr wieder." Sie sprach die Worte leise, wusste aber, dass sie alles bedeuteten.

SPÄTER LÄCHELTE SIE VOR SICH HIN, ALS RIVER KAM, UM sie zu holen. Er sah nervös aus und sie wusste, dass er seine Entscheidung, zum ersten Mal seit Monaten wieder in die Öffentlichkeit zu gehen, in Frage stellte. Sie hielt seine Hand. „Komm schon, großer Junge", murmelte sie zu ihm und küsste seinen Mund. „Lass es uns tun."

Die erste Person, die sie sah, als sie Daisys Café betraten, war (natürlich, dachte Sunday) Aria. Ihr Gesichtsausdruck war überrascht, als sie River sah, dann, als ihre Augen auf ihre verschränkten Hände fielen, verhärtete sich ihr Gesichtsausdruck und sie wandte sich ab. Sie tat Sunday leid, aber sie sagte nichts.

Daisy, im Gegensatz dazu, jubelte fast vor Genugtuung, als sie sie sah. „Nun, es wurde auch Zeit."

Sie führte sie zu einem privaten Tisch in der Nähe des Fensters. „Wie üblich?"

„Ja, bitte." Sunday strahlte sie an und River lachte leise.

„Und was ist dein Übliches? Eine abscheuliche Mischung aus Kürbisgewürz und Kokosnuss?"

Sunday grinste ihn an. „Du hast es erraten. Bring River auch mein Übliches, Daisy." Sie zwinkerte ihrer Freundin zu, die kicherte.

„Kommt sofort."

River streichelte Sundays Wange und lächelte. „Warum habe ich das Gefühl, dass ich übermannt werde?"

„Weil du es wirst. So läuft das eben." Sunday nahm seine Hand und verschränkte ihre Finger mit seinen, gerührt, als er sich nicht entzog. „Das ist also eine Sache, die ich über dich gelernt habe. Es macht dir nichts aus, wenn man in der Öffentlichkeit Zuneigung zeigt."

Er lachte. „Ich habe nie darüber nachgedacht, aber nein, das tut es nicht. Das habe ich von meinen Eltern. Italiener, verstehst du?"

„So ein Stereotyp."

Er grinste. „Vielleicht, aber es ist wahr. Mama und Papa

waren sehr liebevoll, zueinander, zu mir. Meine Großeltern auch."

„Du musst sie vermissen."

„Schrecklich. Ich habe mir immer ein Geschwisterkind gewünscht, aber aus irgendeinem Grund wurden sie nie wieder schwanger." Rivers Augen waren distanziert, erinnernd. „Hat er in seinem Tagebuch viel über sie gesprochen?"

„Die ganze Zeit." Sunday studierte ihn. „Du hast sie nie gelesen?"

River schüttelte den Kopf. „Mein Sehvermögen ist ... problematisch. Die Schrift ist zu klein für mich und deshalb bitte ich dich, sie für mich zu transkribieren." Er hörte auf zu reden, aber Sunday erkannte, dass in seinen Worten mehr war, als er sagte.

„River? Weißt du, du kannst mit mir über alles reden. Egal was. Es wird unter uns bleiben. Stimmt etwas nicht? Ich meine ... mit deinen Augen."

River sah sie mit seinen verblüffend grünen Augen an und nickte. „Ich verliere meine Farbsicht. Etwas, das man Zapfen-Stäbchen-Dystrophie nennt."

Sunday war entsetzt. „Oh River, das tut mir leid."

Er nickte. „Hmm. Es ist schon ein paar Monate her, dass ich es herausgefunden habe. Luke hat versucht, jede Behandlung ausfindig zu machen, die er durchführen kann, aber ja, irgendwann wird die Welt für mich zu Schwarz-Weiß verblassen."

Sunday wusste nicht, was sie sagen sollte. Er war ein Künstler, um Himmels willen. „Verdammt, River ..."

„Ich weiß. Schau, ich habe mich schon lange genug in Selbstmitleid gesuhlt. Jetzt gibt es eine kleine Person, die mich braucht. Mit Berry und Lindsay zusammen zu sein, hat mir gezeigt, dass ich immer noch Glück habe. Ich könnte mein Augenlicht ganz und gar verlieren. Ich kann immer noch Künstler sein; ich muss nur meine Erwartungen anpassen. Mein Plan für das Leben."

Sunday drückte seine Hand. „Das passiert."

„Was ist mit dir? Bist du dort, wo du dich vor fünf Jahren gesehen hast?"

Sie fühlte, wie ihr Gesicht brannte. „Nein", sagte sie ehrlich, „aber es hat sich als das Beste herausgestellt." *Ich lebe ... und dann gibt es noch dich ...*

„Also, wie hat es sich für dich verändert? War es nur, weil dein Verlobter gestorben ist?"

Sunday wollte ihm alles erzählen, aber sie wusste, dass sie es nicht konnte. Stattdessen redete sie drum herum. „Das war der Tropfen, der das Fass zum Überlaufen brachte, aber die Dinge liefen sowieso schief. Da war jemand ..." Sie brach ab. Wie zum Teufel konnte sie ihm das sagen, ohne sich selbst zu verraten. „Sagen wir einfach, es gab jemanden, der kein Nein als Antwort akzeptierte, und es machte mein altes Leben ... schwierig."

„Arschloch."

„Großes Arschloch." Ihre Kehle schloss sich. „Ich will nicht darüber reden, nicht heute Abend. Heute Abend sollte es um glückliche Dinge gehen."

„Hey, hey." unterbrach Daisy und trug ein Tablett. „Hier ist dein neues Lieblingsgetränk, Signore Giotto ..." Sie stellte einen riesigen Trinkbecher vor ihn, ein seltsam gefärbtes Gebräu, das Sunday kichern und Rivers Augen groß werden ließ.

„Was zum Teufel ist das?"

Daisy zwinkerte Sunday zu. „Du hast es bestellt. Jetzt trink."

River hob das Getränk mannhaft auf und nahm einen Schluck, die Schlagsahne auf der Oberseite klebte an der Spitze seiner Nase. Seine Grimasse ließ Daisy und Sunday in Lachen ausbrechen. „Oh lieber Gott, jetzt weiß ich, wie die Unterwäsche von Satan schmeckt."

„Wie kannst du es wagen?" Daisy weinte vor Lachen. „Ich lasse dich wissen, dass das meine beste Arbeit war. Haselnuss-Minze-Orange mit nur einem Hauch von Zahnpasta. Oh und Kaffee, natürlich."

„Zahnpasta?" Jetzt lachte River und Sundays Atem

blieb ihr im Hals stecken - Gott, dieser Mann war wunderschön. Sexy, lustig, gequält ... er war alles. Und dieses Lächeln ...

Sie beobachtete ihn und Daisy sich gegenseitig necken. *Gott, ich könnte mich so leicht in dich verlieben ...* Sunday fühlte einen Anflug von Trauer, das Gefühl, dass sie, indem sie mit River zusammen war, Corys Erinnerung verriet.

*Nein. Stell das ab. Nach allem verdienst du Glück.* Sie fühlte, wie sie von jemandem beobachtet wurde und blickte hinüber, um zu sehen, wie Aria sie ansah, ein unlesbarer Ausdruck auf ihrem Gesicht. Sunday entschuldigte sich und ging auf die Toilette und wartete einen Moment. Tatsächlich kam Aria einen Moment später ins Badezimmer. Sie schien nicht überrascht zu sein, dass Sunday auf sie wartete.

Aria lehnte sich an die Waschbecken neben Sunday und für einen Moment sprach keiner von ihnen. Sunday wartete. Aria seufzte. „Ich schätze, du und River seid jetzt zusammen."

„Es ist noch sehr frisch. Sehr frisch. Und ich will mich nicht zu deinem Feind machen, Aria. Zu irgendjemandes Feind."

Aria nickte und kaute an ihrer Unterlippe. „Ich und River ... Ich mache mir immer vor, dass wir zueinander gepasst haben, aber die Wahrheit ist, dass wir es nicht taten. Es tut mir leid, das zu sagen, aber ich denke, er ist zu kaputt, um wirklich zu lieben." Sie sah Sunday an, ihr Gesichtsausdruck war weich. „Und ich sage das nicht, um dich zu verletzen."

„Ich möchte, dass du ehrlich bist", sagte Sunday. „Ich kann mir meine eigene Meinung bilden, aber wie gesagt, es ist noch sehr früh. River und ich ... wir kennen uns noch nicht so gut."

Aria nickte. „Du musst mir nicht zuhören. Ich werde nicht beleidigt sein. Ich weiß es einfach. Es wird mit ihm wie bei einem Spaziergang auf einem eisigen See sein."

Sie verließ das Badezimmer und Sunday spürte eine Welle der Verwirrung. War sie einfach nur ein Miststück? Die Antwort erbot sich ihr. Nein. Sie wusste, dass Aria Recht hatte. River war verletzt; es brauchte kein Genie, um das herauszufinden.

Sie ging zurück, um zu sehen, wie River alleine trank, da Daisy wieder an die Arbeit gegangen war. Ein einfacher schwarzer Kaffee stand jetzt vor ihm und Sunday lächelte. „Bist du für immer geschädigt?"

„Das könnte ich sein."

Als sie sich hinsetzte, griff er hinüber und nahm ihre Hand. „Also ... jetzt sind wir bei einem offiziellen Date."

„Sieht so aus." Sie lächelte ihn an und versuchte, den

Ausdruck in seinen Augen zu lesen. „River, hör zu, das muss nichts Ernstes sein. Lass uns einfach einander genießen."

Er streckte die Hand aus, um ihre Wange zu streicheln. „Ich will dich kennenlernen."

„Und das wirst du auch. Wir müssen einfach nicht alles in einer Nacht machen."

Er nickte und sie plauderten entspannt und unbeschwert bis nach zehn Uhr. Draußen nahm er sie in seine Arme. „Komm zurück zum Haus. Bleib über Nacht."

Sie schüttelte den Kopf. „Es ist nicht die Zeit dafür. Denk an Berry."

Sie konnte nicht überredet werden und stattdessen gingen sie zurück in ihre Wohnung.

River blickte sie an und beugte dann seinen Kopf, um sie zu küssen. Sein Mund war zunächst weich an ihrem, dann, als die Intensität zwischen ihnen wuchs, pressten sich seine Lippen auf ihre. Heftig atmend zogen sie sich gegenseitig aus, verzweifelt, um Haut an Haut zu sein. Sie schafften es nicht bis zu ihrem Bett, sondern stürzten sich auf den Teppich. Sunday rollte ihn auf den Rücken und setzte sich rittlings auf ihn, streichelte seinen Schwanz, bis er steinhart war und gegen ihren Bauch zitterte. Sie ließ sich langsam darauf hinab, während River stöhnte, seine Hände streichelten ihre Brüste und glitten über ihre Taille. Sunday straffte ihre Oberschenkel auf seinen Hüften, als sie sich auf ihm bewegte und ihn mit jeder Bewegung tiefer nahm.

Gott, dieser Mann war berauschend, seine intensiven grünen Augen verließen nie die ihren, seine starken Hände hielten sie fest, als ob sie das Wertvollste auf der Welt wäre.

Es wäre viel zu einfach, sich in ihn zu verlieben, und das war ein Problem. Ein großes Problem.

Sie liebten sich zärtlich, dann mit zunehmendem tierischen Verlangen, bis sie sich gegenseitig kratzten, River drehte sie auf den Rücken und stieß immer härter, bis sie seinen Namen schrie und kam, ihre Vision explodierte in Millionen von Sternen, als sie den Höhepunkt erreichte.

Danach hielten sie sich atemlos gegenseitig fest, bis River auf seine Uhr schaute und in seinen Augen Reue lag. „Ich muss zurück zu Berry."

„Ich weiß." Sie küsste ihn und sie zogen sich an. Wieder zog er sie in seine Arme.

„Sag mir nur, dass wir Fortschritte machen werden. Dass du irgendwann über Nacht bleibst."

„Das werde ich, versprochen. Ich denke nur, dass Berry eine gewisse Zeit der Anpassung braucht. Sie mag vielleicht so wirken, als ob es ihr gutgeht, aber wenn sie denkt, dass ich versuche, ihre Mutter zu ersetzen ... Ich hasse es, daran zu denken, dass sie wegen uns böse ist. Wir müssen nur geduldig sein."

River lächelte kläglich. „Ich war nie sehr gut darin, geduldig zu sein."

Sunday kicherte. „Zeit zum Üben. Wir haben alle Zeit der Welt."

## KAPITEL NEUN

*A*ber am nächsten Tag, als Sunday zum Schloss fuhr, spürte sie sofort den Stimmungswechsel. Als sie in die Küche ging, sah sie Carmen allein, ihr Gesicht grimmig. „Was ist los?"

„Angelina Marshall. Sie verklagt River auf das Sorgerecht für Berry."

„Was zum Teufel?" Sunday war prompt wütend. „Woher weiß sie überhaupt, dass Berry existiert?"

Carmen seufzte und wies Sunday an, sich zu setzen. „Anscheinend wusste sie es schon vor River. Soweit wir wissen, hat sie jede Freundin, die River hatte, verfolgt, sogar bis hinunter zu den One-Night-Stands. Dazu gehörte auch Lindsay. River hat nie mit seinen Freundinnen darüber gesprochen, was Angelina getan hat, und so dachte sich Lindsay anscheinend nichts dabei, als Angelina sie kontaktierte."

Carmen rieb sich das Gesicht und sah müde aus. „Sie spielte jahrelang die pflichtbewusste Großmutter, ohne dass River es wusste. Als sie herausfand, dass Lindsay gestorben ist ..."

„Dieses Miststück", zischte Sunday, ihr Herz brach für River.

Carmen nickte. „Natürlich spielte sie Berry die selbstlose Großmutterfigur vor, so dass das Kind nicht weiß, dass sie ein böser Sukkubus ist. River ist außer sich."

„Ich sollte ihn suchen gehen."

„Bitte", Carmen streichelte ihre Hand. „Er war heute Morgen so verzweifelt. Ich kann ihn nicht erreichen."

Sunday machte sich langsam auf den Weg zu Rivers Atelier – ein Zimmer, in dem sie noch nie gewesen war – und hoffte, dass er nicht denken würde, dass sie sich einmischte. Sie klopfte an. „Komm rein."

Sie schlüpfte hinein und wurde von prächtiger Farbe überwältigt. Riesige Leinwände mit leuchtendem Pink, Rot, Grün, Goldgelb und tiefem Ozeanblau. Sie keuchte ein wenig und staunte über die Schönheit der beiden. „Oh River ..."

Er saß da und starrte aus dem Fenster und als er sie ansah, sah sie den rohen Schmerz in seinem Gesicht.

Sie ging zu ihm und legte ihre Arme um ihn. Er vergrub sein Gesicht in ihrem Hals, seine Arme eng um sie herum. Sie sagten die meiste Zeit nichts, hielten sich einfach gegenseitig fest. Sunday fühlte Tränen in ihren Augen. Sie konnte nicht verstehen, was in Rivers Kopf vor sich ging. Dass er möglicherweise seine Tochter an seine Schänderin verlor? Es war unergründlich.

Irgendwann zog sich River zurück. „Danke, dass du gekommen bist", sagte er leise. „Du scheinst instinktiv zu wissen, dass ich dich gebraucht habe. Das bedeutet mir viel."

Sie streichelte sein Gesicht. „Erzähl mir alles."

River drückte seine Augen zu. „Baby, so sehr ich auch will … Ich kann nicht. Was zwischen Angelina und mir passiert ist? Es ist zu viel. Es ist schrecklich. Alles, was ich tun will, ist, Berry vor dieser Frau zu beschützen."

„Aber du musst dich dem stellen, was sie dir irgendwann angetan hat, River. Kümmere dich darum. Bis du das tust, wird sie immer diesen Einfluss auf dich haben."

River schüttelte den Kopf. „Nein."

Sunday holte tief Luft. „Du weißt, dass ich bei dir bin, oder? Für alles, was du brauchst. Aber ich werde kein Befähiger sein. Du musst dich befassen mit …"

„Was weißt du schon davon?" Sein Ausbruch schockierte sie und sie sah die Tiefe seiner Qualen. Sie berührte sein Gesicht.

„Ich kann es nicht wissen, River. Aber ich war in Situationen, in denen ich mich hilflos fühlte. Ich sage nur ... um zu deinem stärksten Zustand zu gelangen, ist es vielleicht an der Zeit."

River blickte von ihr weg. „Ich kann nicht." Kaum ein Flüstern.

„Gott, River ... was hat sie mit dir gemacht?"

Aber er sagte nichts. Schließlich gab Sunday auf und im Stehen berührte sie seine Schulter. „Ich lasse dich in Ruhe. Du musst nur wissen, dass ich da bin, für alles, was du brauchst."

Als sie die Tür seines Arbeitszimmers erreichte, hörte sie ihn ihren Namen rufen. „Es tut mir leid, dass ich dich angefahren habe, Sunday."

„Es ist alles in Ordnung. Wir sehen uns später."

Zum Abendessen schloss sie sich Carmen und Berry in der Küche an. Zu ihrer Erleichterung schien Berry von der düsteren Stimmung des Hauses unbeeindruckt zu sein, kletterte auf Sundays Schoß und sprach aufgeregt über ihre Nanna, die zu ihr kam.

Sunday sah Carmen an. „Angelina kommt hierher?"

Carmen nickte. „River rief sie heute Nachmittag an, sagte ihr, sie müssen reden. Angelina hat sich selbst eingeladen. Sie wird über das Wochenende hier sein."

Sunday fühlte einen Hauch von Unbehagen. Ein Stück ihrer eigenen New Yorker Geschichte, die hierherkommt, an ihren Zufluchtsort? Würde Angelina sie wiedererkennen? „Am Wochenende? Verdammt, ich kann nicht hier sein." Sie würde eine Ausrede erfinden, um weg zu sein, ohne zu riskieren, dass ihre Identität aufgedeckt wird. *Verdammter Mist ... warum jetzt?* Wenn River sie so sehr brauchte?

Carmen schüttelte den Kopf. „Ist schon gut. Ich bezweifle, dass sie lange bleiben wird, wenn sie hört, was River zu sagen hat." Sie schaute zu Berry und sagte nichts mehr. Sunday nickte, seufzte aber innerlich.

Sie dachte immer noch an ihr letztes Treffen mit dem Upper East Side Wohltätigkeitsverein. Sunday – oder besser gesagt, Marley – hatte sich mit einem Schneeballsystem beschäftigt, das in der höchsten Gesellschaft New Yorks zum Einsatz gekommen war, und einen Anruf von Angelina entgegengenommen hatte, die sie einlud, sie über einen Wohltätigkeitszusammenschluss zu interviewen, den sie ausrichtete.

Das Interview erwies sich als kaum mehr als eine

bewusste Drohung – *Halt deine Klappe wegen des das Schneeballsystems oder ich ruiniere deine Karriere.* Sunday hatte nicht klein beigegeben und brachte die Geschichte trotzdem auf Sendung, ohne dabei Namen zu nennen. Angelina war wütend gewesen und hatte alles in ihrer Macht Stehende getan, um Sundays Karriere zu ruinieren ... und hatte versagt.

Am Ende hatte der kleine Skandal jedoch Angelinas Machenschaften nicht um ein Jota beeinträchtigt. Sie stellte sich immer noch als Opfer in jeder Situation dar und verkaufte ihr nachlassendes gutes Aussehen, ohne zuzugeben, dass es jüngere, schönere Frauen in ihrem Kreis gab, die darauf warteten, ihren Platz einzunehmen.

Sunday hatte sie schon immer als erbärmlich angesehen, aber jetzt, da sie die Tiefen ihrer Bösartigkeit kannte, wünschte sie, sie hätte sie mit allen Mitteln bekämpft.

„Jetzt ist es zu spät." Sunday schloss ihre Arbeit ab und ging für die Nacht nach Hause.

Zu Hause holte sie das Wegwerftelefon heraus und rief Sam an, um ihm von der Angelina-Situation zu erzählen. „Das Problem ist", sagte sie ihm, „Ich will für River und Berry da sein, aber der Gedanke, dass sie mich erkennt ..."

„Ich verstehe. Schau, ja, es ist ein Problem, aber war das nicht vor ein paar Jahren? Glaubst du, sie würde dich erkennen?"

Sunday starrte auf ihr Spiegelbild im Fenster und war plötzlich unsicher. Sie sah so anders aus ... würde Angelina sie erkennen? „Ich weiß nicht."

„Vielleicht wäre es auffälliger, sich zu verstecken, wenn man offensichtlich mit der Familie zusammenhängt", sagte Sam freundlich. „Und natürlich wissen wir nicht, ob es einen Unterschied machen würde, selbst wenn sie dich identifiziert hätte. Ich sage, halte die Dinge so normal wie möglich."

„Sam?"

„Ja, Sunday?"

Sie zögerte einen Moment lang. „Bist du näher dran, herauszufinden, wer er ist? Der Mann, der mich angeschossen und Cory getötet hat?"

„Nein, Schätzchen, es tut mir leid. Er wird offensichtlich inzwischen wissen, dass du dein altes Leben verlassen hast, aber wer auch immer er ist, er ist vorsichtig."

„Ich wünschte nur, ich wüsste, wie er aussieht oder wer er ist. Es ist schlimm genug zu wissen, dass jemand mich töten will, geschweige denn, nicht zu wissen, wer oder warum."

„Manchmal sind diese Dinge so völlig daneben. Du hast das Beste getan, indem du dich von uns aus New York hast wegbringen lassen."

„Ich hätte nie gedacht, dass ich das sagen würde, aber ja. Seltsamerweise fühle ich mich, als hätte ich jetzt ein Leben hier."

Sam lachte leise. „Nun, das sind gute Nachrichten."

SUNDAY SAGTE IHM NICHT, DASS SIE UND RIVER AM Anfang einer Beziehung standen. Zum einen wusste sie nicht, was jetzt passieren würde. Sie stellte fest, dass sie nicht schlafen konnte, und schaute aus ihrem Fenster, um zu sehen, ob Daisys Café noch offen hatte.

Ein warmes Licht leuchtete von innen heraus. Sunday warf ihre Jacke über ihre Jogginghose und ging hinüber. Daisy arbeitete nicht, sondern ihr Barista, George, hatte Dienst. Sunday kannte ihn nicht so gut, also holte sie sich ihren Kaffee und suchte sich einen Platz.

Das Kaffeehaus war um Mitternacht fast leer. Eine ältere Frau nickte Sunday höflich zu, als sie sich hinsetzte. Sunday trank ihren Kaffee und versuchte, ihren Geist von seinem Aufruhr zu befreien. Die Hauptsache war River und Berry durch diese Krise zu helfen ... nichts anderes war wichtig.

Sie hörte die Glocke an der Tür klirren und blickte auf, um einen jungen Mann eintreten zu sehen. Er war groß, hatte olivfarbene Haut und einen Schopf dunkler Locken. Er lächelte sie an, seine dunkelbraunen Augen fröhlich, und ging dann zur Theke. Sunday blickte weg und wollte nicht stören, aber dann hörte sie ihn Hallo sagen. „Darf ich mich setzen? Ich bin den ganzen Tag alleine gefahren und könnte etwas Gesellschaft gebrauchen."

„Aber natürlich."

Sie vermutete, dass er ungefähr im gleichen Alter war wie sie, Ende zwanzig, und er hatte ein freudiges, lebenslustiges Verhalten. Und er war auch ein Flirter und brachte sie zum Kichern, als er sich vorstellte. „Tony Marchand", sagte er und schüttelte ihre Hand. „Aus Seattle, Washington."

„Was führt dich in unsere kleine Stadt, Tony?"

„Snowboarden", sagte er. „Ich habe gehört, dass der Skiort hier einzigartig ist, also dachte ich, ich komme, um zu sehen, ob sie Hilfe brauchen."

„Es ist fast das Ende der Saison."

Tony zuckte mit den Schultern. „Ich weiß, aber ich dachte, ich riskiere es. Wenn nicht, arbeite ich überall. Ich musste nur weg."

„Schlimme Trennung?" Sie ahnte es und er lachte und wurde ein wenig rot.

„Du hast mich durchschaut. Bist du hier geboren?"

Sie schüttelte den Kopf. „Nein, Kalifornien. Ich bin vor ein paar Monaten hierher gezogen."

„Freundliche Stadt?"

Sunday nickte. „Sehr. Ich bin sicher, du wirst keine Probleme haben, dich anzupassen."

„Hey, ich habe gehört, dass River Giotto hier lebt? Der Künstler? Mann, seine Arbeit ... sie ist überwältigend. Als ich letztes Jahr gesurft habe, war da ein Typ mit etwas von Giottos Arbeit auf seinem Board. Mann, ich wollte dieses Board."

Sunday lächelte ihn an. „Ja, River lebt hier, aber er ist irgendwie zurückgezogen."

„Du kennst ihn?"

Und wie ... „Ich arbeite für ihn."

„Verdammt, du bist die Person, die man kennen sollte." Er sah sie bewundernd an. „Und wenn es nicht anmaßend zu sagen ist, du bist wirklich heiß."

Sunday kicherte. „Danke, das ist süß, aber ich bin sozusagen vergeben."

„Mein Pech."

„Wo wohnst du?"

„Draußen im Cadillac Motel, an der Autobahn. Es ist ziemlich sauber und billig."

Sunday nickte. „Nun, was ich gelernt habe, ist, dass dieser Ort so ziemlich das Zentrum der Stadt ist. Wenn du Kontakte brauchst, frag hier."

„Das mache ich, danke."

Sie sprachen noch ein paar Minuten, dann verabschiedete sich Sunday. Sie ging zurück zu ihrer Wohnung und die Treppe hinauf. Sie kreischte fast vor Schreck, als eine Gestalt aus der Dunkelheit erschien.

River.

„Gott, du hast mich erschreckt", sagte sie halb lachend, halb angepisst, aber River lächelte nicht.

„Es tut mir leid. Ich musste dich einfach sehen, also kam ich in die Stadt. Wer war der Typ?"

*Ah.* „Ein Typ, der neu in der Stadt ist. Er wollte nur einen Ratschlag zur Jobsuche."

„Und er hat dich gefragt?"

Sunday war ein wenig verärgert über Rivers Ton. „Nun, ich nehme an, er hat gefragt, wen auch immer er gesehen hat. Das war dann wohl ich. Willst du reinkommen?"

Sie öffnete ihre Tür und River folgte ihr hinein. Er schien nervös zu sein und zum ersten Mal fragte sich Sunday, ob er etwas genommen hatte. Sie brachte ihn dazu, sie anzusehen. Nein. Er war nicht high, er war nur verzweifelt. „River ... Ich habe nur mit dem Typen geredet. Ich habe ihm sogar gesagt, dass ich nicht zu haben bin, wenn du dich dadurch besser fühlst."

River setzte sich auf ihre Couch und sie setzte sich zu ihm. „Ist es die Sache mit Angelina?"

Er nickte. „Ich wollte nur ... Ich wollte für eine Nacht vergessen. Carmen ist wieder im Schloss. Sie sagte, sie würde heute Abend bei Berry bleiben."

Sunday nahm seine Hand. „Komm, leg dich mit mir hin."

Er war immer noch angespannt, auch während sie ihn langsam auszog. Sie drückte ihre Lippen an seine und fuhr mit ihrer Hand über seine nackte Brust. „Berühre mich, River."

Er schob seine Hände über ihre Taille, seine Finger bewegten sich zum Reißverschluss ihrer Jeans. Sie trat aus ihr heraus und zog ihn auf das Bett herunter. Sie verheddderte ihre Finger in seinen dunklen Locken, als sie sich küssten, dann, als River seinen Körper auf ihrem bewegte, hörte sie ihn flüstern: „Gehörst du mir?"

Sie nickte und traf seinen Blick. „Das tue ich. Ich gehöre dir, River."

Sie ließen sich Zeit, was für sie ungewöhnlich war. Normalerweise überschwemmte ein animalisches Feuer ihre Liebe, aber heute Abend ging es mehr um die Entdeckung. Im Wesentlichen wusste sie, dass sie noch immer Fremde waren, aber heute Abend schien es, als würde River versuchen, ihr mehr von sich selbst zu geben, auch wenn er ihr nicht von seiner Vergangenheit erzählen konnte.

Er zog seine Finger über ihren Bauch und hielt an der kleinen Narbe an der Seite ihres Bauchnabels an. „Was ist das?"

„Du hast es vorher nicht gesehen?" Sie versuchte Zeit zu gewinnen und wusste, dass, wenn sie log, er es wissen würde.

River wartete, der Blick in seinen Augen sagte ihr, dass dies ein wichtiger Moment war. Sunday holte tief Luft. „Ich wurde angeschossen. Letztes Jahr. Als ich dir sagte, dass mein Verlobter von einem Auto angefahren wurde, war das eine Lüge. Er wurde auch erschossen. Er ist gestorben."

River setzte sich auf. „Gott. *Gott*, Sunday ..."

Sunday setzte sich auf. „Als ich dir von dem Stalker erzählte ... das war er. Oder jemanden, den er geschickt hat, um uns zu töten. Die Sache ist die ... es gibt noch mehr. Aber wenn ich dir die Informationen anvertraue, könnte das bedeuten, dass er mich findet."

River fuhr sich mit der Hand durch die Haare. „Ich werde nicht zulassen, dass dir jemand wehtut, Sunday. Niemals."

„Und ich werde nicht zulassen, dass Angelina Marshall dich verletzt oder Berry mitnimmt. Aber, River, wenn wir einander vertrauen wollen, wenn das zwischen uns funktionieren soll ... dann musst du mir sagen, was sie dir angetan hat."

Er starrte sie lange Zeit an, dann nickte er fast unmerklich. „Okay. Okay ..."

Und für die nächsten zwei Stunden erzählte River Giotto ihr alles.

## KAPITEL ZEHN

 amals ...

RIVER SASS IN SEINEM ZIMMER, SEINE KOPFHÖRER AUF, und tat so, als würde er seine Semesterarbeit beenden, aber eigentlich zeichnete er. Er brauchte sich keine Sorgen um den Aufsatz zu machen – er war in allem Klassenbester – selbst mit einer Zwei würde er immer noch Meilen vor allen anderen liegen.

*Streberprobleme*, er grinste in sich hinein, dann erschrak er, als er hörte, wie jemand seine Tür öffnete. Sein Herz rutschte in seine Hose.

Angelina, die neue Frau seines Vaters, stand im Türrahmen, von hinten beleuchtet, ihr Körper zeigte sich durch das dünne Gewand, das sie trug. River setzte sich auf, nahm seine Kopfhörer ab und wickelte das Kabel vorsichtig um sie herum. Warum fühlte er sich bei Angelina immer so? Er hatte sie auf Anhieb gehasst, nicht nur, weil sie es wagte, ihm die Version einer ‚Mutter' vorzuspielen, und versuchte, seine geliebte Mutter zu ersetzen. Schlimmer noch, waren die Zeiten, in denen sie allein mit ihm war, und sie machte ihre Absichten deutlich. Ludo mag ihr Ziel gewesen sein, aber River war der Preis, nach dem sie sich sehnte. Nur wenige Jahre älter als er, hatte sie gewartet, durch die Umwerbung, dann ihre Hochzeit mit seinem Vater, bevor sie ihren Zug machte.

River hatte sie ständig zurückgewiesen, aber jedes Mal, wenn sie in der Nähe war, schlug sein Herz unangenehm und er fühlte, dass er sich von ihr wegbewegen wollte.

„Wo ist Dad?" fragte er jetzt und hielt seinen Ton gleichgültig.

Angelina lächelte, keine Wärme in den Augen. „Immer noch auf der Party. Ich war müde, also nahm ich ein Taxi nach Hause."

„Nun, dann gute Nacht."

Ha. Kein solches Glück. Angelina kam in den Raum und setzte sich zu ihm. Er lehnte sich von ihr weg, aber sie schloss seine Wange in ihre Hand. „River. Mein lieber River. Weißt du überhaupt, wie schön du bist? Sieh dich an."

Sie drehte seinen Kopf so, dass er dem Spiegel gegenüberstand. Alles, was er sah, waren die grünen Augen seiner Mutter, riesig vor Spannung und Schrecken. Er hasste es, so zu fühlen. Wäre ein Mann wirklich so verängstigt? Nein. Er musste sich ihr widersetzen. Er stand vom Bett auf, aber sie war zu schnell für ihn. Sie huschte zur Tür und schloss sie ab.

„Nein. Diesmal nicht, River."

Er baute sich zu seiner vollen Größe auf, bereits zwei Meter groß und gerade mal sechzehn Jahre alt. „Ich werde es meinem Vater sagen."

Angelina lächelte, katzenhaft und gnadenlos. „Oh, ich glaube nicht, dass du das wirst. Alles, was ich tun müsste, ist, ein Wort zu ihm zu sagen."

„Er würde dir nicht glauben."

Sie lachte. „Liebling, ich habe die Samen schon gepflanzt, bevor er mich geheiratet hat. *Hast du gesehen, wie dein Sohn mich ansieht, Ludo? Ist seine jugendliche Schwärmerei nicht bezaubernd, Ludo?*" Sie ging auf ihn zu. „*Ist er nicht stark geworden, Ludo? Was würde eine schwache kleine Frau wie ich gegen all diese rohe Kraft tun ... Ludo.*"

River konnte nicht atmen, nicht denken. Ihre Hand schlang sich hinunter, um seinen Schwanz durch seine Jeans zu streicheln, und er taumelte zurück, die Kante seines Bettes schlug ihm in die Kniekehlen und dann fiel er ...

## KAPITEL ELF

Tränen strömten über Sundays Gesicht, als River sprach, seine Stimme war monoton. „Es dauerte ein paar Jahre, bis ich aufs College fliehen konnte. Aber der Schaden war bereits angerichtet. Ich habe mich durchs College gefickt und Frauen wie Müll behandelt. Ich nehme an, es war meine Art der Rache. Ich ließ keinen an mich ran. Luke, Carmen, sie blieben hier, lange nachdem ich ihnen gesagt hatte, sie sollen zur Hölle fahren."

Er rieb sich die Hände durch die Haare. „Mein Vater ... er wusste es nicht. Ich hoffe, er hat es nie erfahren. Ich wünschte nur ... Ich wünschte, ich hätte ihn gefragt, warum. Warum er ausgerechnet sie geheiratet hat. Er muss gewusst haben, dass sie ein ..." Er brach ab und lachte ohne Humor. „Ich kenne nicht einmal ein Wort, das stark genug ist für das, was sie ist."

„Dieses böse, verfickte, bodenlose Stück Dreck", fauchte Sunday aufgebracht. Sie stand auf und lief in ihrer Wohnung umher. „*Diese verfickte Schlampe!*" Sie schrie das letzte Wort und River schenkte ihr ein kleines Lächeln.

„Ja, das passt schon."

„Ich könnte sie töten. Ich werde sie verdammt nochmal töten ..." Sunday fühlte die gleiche weißglühende Hitze der Wut, die sie empfunden hatte, als Cory starb, durch ihre Adern strömen. „Diese Leute ... *Gott*. Was gibt ihnen das Recht?"

„Nichts und niemand. Aber sie tun es trotzdem."

Sunday setzte sich neben ihn und nahm sein Gesicht in ihre Hände. „Damit kommt sie nicht durch. Ich schwöre dir, hier und jetzt, River Giotto. Sie wird nicht einmal mit dir oder Berry im selben Raum sein, dafür sorge ich."

River hielt sie fest. „Ich liebe dein Feuer."

„Nein ... nein, es ist mehr als das." Sunday holte tief Luft. „River ... Ich kenne sie. Oder besser gesagt, ich kannte sie."

Rivers Lächeln verblasste. „Was?"

Sunday seufzte. „Mein Name ist nicht Sunday Kemp. Nun, zumindest war es das früher nicht. Mein Name war Marley Locke, ich war eine investigative Reporterin und dann eine Moderatorin in New York. Der Teil, den ich dir über meinen Stalker erzählt habe, ist wahr und so gab mir das FBI eine neue Identität, nachdem er versucht hatte, mich zu töten. Aber vorher, vor ein paar Jahren, habe ich mit Angelina Schwerter gekreuzt. Sie ist eine Hochstaplerin und Betrügerin höchsten Ranges ... Ich habe sie in der Presse bloßgestellt, aber sie kam trotzdem mit Schwung zurück."

Sunday seufzte und wartete darauf, dass River wütend wurde. Er berührte ihr Gesicht. „Du musstest alles zurücklassen."

Sie nickte. „Alles." Sie kicherte. „Und seit ich dich kennengelernt habe, bereue ich nichts mehr. Ich bin hier mehr ich, mit dir und Berry und Carmen, als ich in New York je gewesen war."

„Marley." Er sah sie an, als ob er versuchte, den Namen richtig einzuordnen. Sie küsste ihn sanft.

„Sunday. Deine Sunday. Immer."

Er lehnte seine Stirn an ihre. „Ich habe Vertrauensprobleme, immer schon gehabt. Aber mit dir ..."

„Ich werde dich niemals verraten", flüsterte sie und mit einem Stöhnen drückte er seine Lippen gegen ihre.

„Lasst uns alles für heute Abend vergessen, alles außer dir und mir ..." Er schob seine Hände unter ihr T-Shirt und zog es mit einer schnellen Bewegung über ihren

Kopf. Er zog die Spitzenkörbchen ihres BHs herunter und nahm ihre Brustwarze in seinen Mund. Sunday seufzte vor Vergnügen und ließ ihre Lippen oben auf seinen Kopfes sinken.

River brachte sie auf den Boden und schob ihre Jeans nach unten, als seine Lippen ihren Bauch hinunterwanderten. Als seine Zunge ihre Klitoris fand, zitterte Sunday und vergrub ihre Finger in seinen dunklen Locken. „Oh, River ... River ... River ..."

„Ich werde dich die ganze Nacht ficken, hübsches Mädchen."

Seine Zunge schnippte und neckte sie, bis sie stöhnte, dass er in ihr sein sollte und grinsend stieß er seinen Schwanz tief in sie hinein und hielt ihre Hände über ihrem Kopf fest.

„Du bist so eng, Sunday, so eng wie Samt."

Sunday lächelte ihn an. „Nur für dich, Baby."

River küsste sie, seine zarte Umarmung stand im Gegensatz zu den Stößen, die sein Schwanz ihrer Muschi gab. „Du weißt, dass ich mich in dich verliebe, oder?"

„Dito", kicherte sie, dann keuchte sie, als er sein Tempo beschleunigte und seine Hüften gegen ihre schlug. Er ließ sie zweimal kommen, bevor er ihr zuflüsterte, dass sie auf den Bauch rollen sollte.

„Ja?"

Sie nickte, dann stöhnte sie, als er sich in ihrem Arsch bewegte. Anal war etwas, was sie noch nie zuvor getan hatte, nicht einmal mit Cory und sie war erstaunt, dass sie es mit River liebte. Er war sanft und fürsorglich und die seltsamen neuen Empfindungen, die durch ihren Körper schossen, ließen sie seinen Namen schreien.

Sie duschten zusammen, fickten gegen die kühlen Fliesen, dann stürzten sie und lachten auf dem kalten, gefliesten Boden des Badezimmers.

Es dämmerte fast, bevor sie voneinander abließen, keuchend nach Luft, erschöpft und satt. „So sehr ich dich auch will", lachte Sunday, atemlos, „ich glaube nicht, dass meine Vagina heute Nacht noch mehr aushält."

„Heute Morgen", korrigierte er schmunzelnd. „Und ich schäme mich zu sagen, dass du diesen alten Mann erschöpft hast."

„Du bist *nicht* alt", sagte sie und streichelte sein Gesicht. „Du bist der verheerend schönste Mann, den ich je getroffen habe, von innen *wie* von außen. Ja, du hast Schlimmes erlebt, aber Gott, ich bin verrückt nach dir, River Giotto und ich schwöre. Wir werden unser Glück bis ans Ende unserer Tage bekommen."

River nahm ihre Hand und küsste ihre Finger. „Gab es ein Leben vor dir?"

„Ich dachte immer, es hätte eines gegeben. Jetzt denke ich nur noch an uns, unsere kleine Familie. Nicht, dass ich etwas vorwegnehmen will."

„Nimm es ruhig vorweg. Wir *sind* eine Familie." River streichelte mit seinen Finger über ihre Wange. „Ich werde Berry von uns erzählen. Sie weiß, dass wir uns mögen – zur Hölle, jeder könnte das erraten – und es war nicht so, als ob Lindsay und ich miteinander geschlafen hätten, als wir auf Reisen waren."

Sunday war überrascht. „Habt ihr nicht?"

River lächelte. „Nein. Ich war schon in jemanden verliebt."

Sunday errötete vor Freude, als er sie küsste. *Oh, wie ich dich liebe* ... Aber sie sagte es nicht laut. Sie hatten heute Abend große Fortschritte gemacht, indem sie sich gegenseitig vertraut und über ihre Zukunft entschieden hatten.

Im Moment hatte sie nur eine Sache im Kopf.

*Angelina Marshall aufhalten.*

## KAPITEL ZWÖLF

ew York

SUNDAYS NEMESIS – RIVERS MISSBRAUCHER – WAR Gastgeberin einer Cocktailparty auf ihrer Upper East Side Party, hatte aber längst ihre Gastgeberaufgaben aufgegeben und sich davon geschlichen, um Brian Scanlan im Obergeschoss zu ficken. Nicht einmal geschlichen, dachte Angelina jetzt mit einem Grinsen, als sie sich auf Scanlans großen Schwanz setzte und ihn ritt.

Scanlan war ein toller Fick, ein großer Schwanz und *unanständig* im Bett, aber immer mehr sehnte sie sich nach ihrer Dosis. *River.* Über zwanzig Jahre lang war er ihre Besessenheit, ihr persönlicher Schuss reines

Heroin. Für Angelina war er schön, fast magisch und die Tatsache, dass sie ihn regierte, war die ganze Kraft, die sie brauchte.

Und jetzt hatte sie ‚Beziehungen'. Das Kind. Selbstverständlich kümmerte sie sich einen Scheißdreck um das Wohlergehen des Kindes, aber sie war klug genug gewesen, die Mutter des Kindes in ein falsches Sicherheitsgefühl zu hüllen und sie mit Geld und Angelinas Version von Liebe zu überhäufen.

Als sie hörte, dass Lindsay gestorben und River nun Berrys Ganztagsjob war, hätte sie vor Freude jubeln können. *Genau wie geplant.* Nun, mit der Sorgerechtsklage müsste River sie sehen.

Angelina konnte es kaum erwarten. Sie war Ende der Woche nach Colorado unterwegs, um Berrys Lebensweise zu besprechen. Ihre Spione in Rockford hatten ihr gesagt, dass er sich mit jemandem, seiner Sekretärin oder so, traf. Sie, Angelina, würde das Mädchen schon bald verjagen. River gehörte ihr und sie würde nicht tolerieren, dass eine andere Frau vor Ort war.

Brian seufzte und hob sie von seinem Schwanz. Angelina wurde in den Moment zurückkatapultiert. „Was machst du da?"

„Es gibt viele Dinge, die ich tue", sagte er, als er aufstand, „aber beim Ficken ignoriert zu werden, gehört nicht dazu."

Angelina zuckte mit den Achseln und rollte sich zum Nachttisch und holte eine Zigarette heraus. „Tu nicht so, als würdest du dich mehr für mich interessieren als ich mich für dich, Scanlan. Tu nicht so, als ob es dir wehtut, wenn ich weiß, dass du an dein blondes Flittchen denkst."

„Summa cum laude aus Harvard ist kaum Flittchenmaterial", sagte Scanlan und es gab einen Hauch in seiner Stimme, der Angelina zum Lächeln brachte.

„Versuchst du immer noch, sie zu finden?"

„Die Welt ist ein kleiner Ort, wenn man so viele Ressourcen hat wie ich."

„Und doch ist sie dir immer noch entwischt." Angelina genoss es, ihn anzustacheln. Scanlan hatte immer einen Hauch von Gewalt um sich und Angelina war nicht unvoreingenommen, es hart angehen zu lassen. „Sag mir, was wirst du mit ihr machen, wenn du sie findest?"

„Nicht, dass es dich etwas angeht, aber sie wird überzeugt sein, dass ein Leben mit mir ihr Schicksal ist."

Angelina verdrehte die Augen. „Und natürlich wird eine intelligente Frau wie Marley Locke sich umdrehen und sagen *'Natürlich! Du hast meinen Verlobten ermorden lassen, aber ich werde trotzdem allem zustimmen, was du sagst.'* Gott, bist du desillusioniert."

Brian war sehr ruhig geworden, als er sich anzog und jetzt wandte er sich ihr zu, seine Augen brannten vor Wut. „Du", sagte er, Gift in seinem Tonfall, „hast keine Ahnung, was wahre Liebe ist. Marley gehört mir ... sie weiß es und wird es sich irgendwann eingestehen."

„Sonst?"

Er lächelte ohne Humor. „Muss ich das wirklich beantworten?"

Angelina ging zu ihm hinüber und streichelte ihre Hände über seine Brust. „Nein, aber ich würde es gerne hören. Was wirst du mit ihr machen, wenn sie dich ablehnt?"

Scanlan sah auf sie herab. „Ich werde sie natürlich töten. Was sollte es sonst noch zu tun geben?"

Nachdem Scanlan gegangen war und ihre Partygäste sich aufgelöst hatten, nahm Angelina ein Bad und ließ es für etwa eine Stunde einwirken. Sie dachte darüber nach, was Scanlan gesagt hatte und wusste, dass sie seinen Antrieb verstand. River war immer in ihren Gedanken präsent, in jeder ihrer Handlungen. Sie erinnerte sich an das erste Mal, als sie ihn gesehen hatte, gerade einmal fünfzehn Jahre alt. Gott, er war wunderschön, dunkle, zottelige Locken, leuchtend grüne Augen und ein großer, nicht ganz reifer Körper. Sein Vater, Ludo, war zwar ein spektakulär aussehender Mann, aber er verblasste im Vergleich zu seinem Sohn. Angelina hatte dafür gesorgt, dass sich Ludo in einem falschen Gefühl von Sicherheit wiegte, hatte ihn ihr einen Antrag machen lassen, nur damit sie bei River sein konnte.

Und es hatte funktioniert. Als sie River das erste Mal verführt hatte, hatte sie nicht gezeigt, wie nervös sie war. Die Drohung, den Jungen in Schweigen zu versetzen, war ein Kinderspiel gewesen. River liebte seinen Vater und hatte Angst, ihn zu enttäuschen. Es hatte ihren Plan so viel einfacher gemacht. Zwei Jahre lang hatte sie unbegrenzten Zugang zu dem Jungen gehabt, dann, als er aufs College geflohen war, hatte sie Gründe vorgetäuscht, zu ihm zu gehen.

Erst als er reif war, hatte er begonnen, sich zu wehren. Er war nicht zu den Treffen erschienen, die sie angeordnet hatte, oder er hatte ihre Anrufe ignoriert. Sie war dazu übergegangen, Ludo zu betäuben und zu fahren, um River unvorbereitet zu erwischen, aber er war ihr immer entwischt.

Als Ludo gestorben war, hatte sie gewusst, dass sie jeden Halt an River verloren hatte. Ludo, der irgendwie spürte, dass seine neue Frau nicht alles war, was sie gesagt hatte, hatte sie ganz aus dem Testament gestrichen und alles River hinterlassen. Angelina, die selbst reich war, hatte sich nicht um das Geld gekümmert, sondern war wütend gewesen, dass River jetzt die Mittel und die Kontrolle hatte, sie ganz aus seinem Leben zu streichen. Und er hatte keine Zeit damit verschwendet.

Aber jetzt würde er gezwungen sein, sie zu sehen. Sie würde großmütig mit ihm umgehen, das gemeinsame Sorgerecht anbieten oder sogar nur um Besuchsrechte bitten. Sie hatte sich bereits an einen Makler in der kleinen Stadt in Hicksville gewandt, in der er lebte, um eine Immobilie zu finden. Er würde sie jetzt nicht aus seinem Leben streichen können, so sehr er es auch versuchte. Es war so perfekt, dass sie lachen konnte.

Brians Worte kamen zu ihr zurück. Wenn seine Obsession ihn ablehnte, war er bereit, sie dafür zu töten. Würde sie, Angelina, jemals so weit gehen?

*Ja.*

Die Antwort kam wie aus der Pistole geschossen. Aber was für eine gottverdammte Verschwendung es wäre. Aber wenn ihr sonst noch jemand in die Quere kam – Rivers Freundin, diese lästige Haushälterin, oder Luke Maslany, der sie fast so sehr hasste wie River, dann ja, sie würde jeden von ihnen ohne weitere Überlegungen loswerden.

Aber *River* ... Sie stieg aus der Wanne und trocknete sich ab, ging nackt in ihr Schlafzimmer und zog die Schublade ihres Nachttisches auf. Sie nahm das kleine Fotoalbum heraus, das sie dort aufbewahrte, zwischen ihren Vibratoren, ihren Dildos, ihren Drogen – all ihre Lieblingssachen – und öffnete es.

Wie immer begann ihr Herz etwas schneller zu schlagen, als sie auf die Fotos von River starrte. Sie legte sich auf das Bett zurück und schob eine Hand zu ihrem Busch, streichelte ihre Klitoris, während sie auf sein Bild schaute. Der Gedanke an ihn in ihr ließ sie stöhnen und sie biss sich auf die Unterlippe, als sich ihr Orgasmus zu entwickeln begann. Es würde nie jemanden wie River geben, wusste sie und als sie kam, keuchend und stöhnend, schwor sie sich eines.

*Du wirst wieder mein werden und diesmal werde ich dich nicht wieder gehen lassen ...*

## KAPITEL DREIZEHN

Wenn River gedacht hatte, dass Berry über seine und Sundays Beziehung verärgert sein könnte, dann lag er völlig falsch. Er erzählte es ihr beim Frühstück, bevor Sunday für den Tag zu ihnen kam und Berry zuckte mit den Achseln.

„Ich weiß. Du liebst Sunday."

River lächelte. „Nun, wir stehen erst am Anfang dessen, was wir tun, also ist Liebe ..." Er hielt inne. *Ach, scheiß drauf.* Berry hatte Recht. Er *war* in Sunday verliebt, von Anfang an. „Ja, das tue ich. Aber das habe ich ihr noch nicht gesagt und ich möchte, dass sie es von mir hört, okay?"

„Okay." Berry war damit beschäftigt, alle grünen Ringe aus ihrer Schüssel mit Cornflakes herauszuziehen – sie beschwor, dass sie scheußlich schmeckten, auch wenn sowohl River als auch Carmen den Unterschied nicht erkennen konnten. „Aber das tust du. Mama hat gesagt, dass sie es merkt."

„Hat sie das?" River war überrascht. Er hatte nicht gedacht, dass er Lindsay so viel über Sunday erzählt hatte. „Weißt du, das bedeutet nicht, dass ich nichts für deine Mami empfunden habe."

„Ich weiß. Du und Mami habt euch geliebt, aber ihr wart nicht *verliebt*."

River grinste seine Tochter an. „Wann bist du so klug geworden, Kleines?"

Berry grinste ihn an, ihr Mund voller Müsli, und er lachte. Kinder hatten nie in seinen Lebensplan gepasst, aber er konnte es sich bei Berry nicht vorstellen, ohne sie zu sein. Scheiß auf Angelina – sie würde nicht Berrys Glück für ihre eigenen egoistischen Mittel riskieren. Er zerzauste Berrys Haar, so dunkel und lockig wie seines.

„Süße ... weißt du, dass Nanna dich sehen will?"

Berry nickte. „Carmen hat gesagt, dass sie mich besuchen kommt."

River seufzte innerlich, nickte aber. „Sie will, dass du bei ihr wohnst."

Berry legte ihren Löffel hin und als sie sprach, war ihre

Stimme so klein, dass sie Rivers Herz brach. „Willst du nicht, dass ich bei dir lebe, Daddy?"

„Natürlich will ich das! Ich sage nur, Nanna fragt, ob du manchmal gehen und bei ihr bleiben kannst. Das musst du nicht. Das ist dein Zuhause, Berry, hier bei mir und Carmen und auch Sunday – eines Tages, hoffe ich."

Berry lächelte, ein erleichterter Blick auf ihrem Gesicht. „Aber Nanna will, dass ich sie besuche?"

River nickte. Er wollte wirklich schreien, nein, dass Nanna sie nur benutzt hat, um an ihn ranzukommen, aber das tat er nicht. Berry wäre Angelinas abgefuckten Plänen nicht ausgesetzt, wenn er in der Sache etwas zu sagen hätte, aber er musste ihr im Zweifelsfall das Vertrauen schenken. Vielleicht hat sie sich wirklich für Berry interessiert – es war für River unmöglich zu ergründen, dass irgendjemand das bezaubernde kleine Mädchen in seinem Leben nicht wollen würde.

„Hey, schöne Menschen." Sunday ging in die Küche und Rivers Herz erwachte. Ihr schönes Gesicht zu sehen war genug, um ihn in letzter Zeit glücklich zu machen. Er küsste sie auf den Mund, nur kurz, aber sie sah überrascht aus und warf Berry einen Blick zu.

River lächelte. „Berry denkt, wir sind ein schönes Paar. Nicht wahr, Berry?"

Berry nickte eifrig und Sunday lachte, offensichtlich erleichtert. „Ihr zwei habt geredet?"

„Daddy ist verrückt nach dir", sagte Berry, bedeckte dann ihren Mund und dachte, sie hätte sein Geheimnis verraten. Sunday und River lachten, Sunday kitzelte das kleine Mädchen und brachte sie zum Kichern.

„Und ich bin verrückt nach euch beiden." Sie zog Berry auf ihren Schoß und lächelte River über ihren Kopf an. „Du weißt, dass ich nie versuchen werde, deine Mami zu ersetzen, oder?"

Berry nickte, nicht beunruhigt über die Frage. „Ich weiß."

River goss Sunday eine Tasse Kaffee ein und bot ihr etwas Frühstück an. Sie dankte ihm für das Getränk, schüttelte aber den Kopf. „Ich habe heute Morgen mit Daisy ein Teilchen gegessen. Ich brauchte den Zucker nach der letzten Nacht."

River grinste und küsste sie. „Verdammt richtig."

„Du hast ein böses Wort gesagt", zischte Berry ihn an und er lachte.

„Tut mir leid, Puuh. Hör zu, was hältst du davon, wenn wir heute ausgehen? Wir könnten auf den Berg gehen, oder vielleicht nach Telluride zum Shoppen?"

Sunday und Berry sahen sich an und sagten unisono „Shoppen".

River schüttelte den Kopf in gespiegelter Traurigkeit. „Frauen."

SUNDAY HALF BERRY BEIM ANZIEHEN. ALS SIE DIE Locken des kleinen Mädchens bürstete, fragte sie sich, wie leicht sich diese kleine Person hier in ihr Leben eingefügt hatte und doch hatte sie selbst hier schnell ein Zuhause gefunden.

„Sunday?"

„Ja, Süße?"

„Glaubst du, du und Daddy werdet ein Baby bekommen?"

Sunday fühlte, wie Tränen in ihre Augen stiegen. „Nun, ich weiß nicht, Schatz."

„Ich hätte gerne einen Bruder oder eine Schwester. Nein, Schwester. Jungs sind schrecklich."

Sunday kicherte. „Sie wachsen aber zu netten Menschen heran. Wie Daddy." *Nicht alle von ihnen sind nett ...* sie schüttelte den Gedanken ab.

„Ich glaube schon."

„Hör zu, BerBer ... dein Daddy und ich fangen gerade erst an, das alles zu verstehen. Es wird Zeit geben, um zu sehen, ob wir Kinder zusammen haben wollen."

Berry klammerte sich plötzlich an ihren Hals und Sunday umarmte sie. „Ich vermisse Mami."

„Ich weiß, Süße, es tut mir so leid." Sie hielt sie fest. „Ich weiß, dass sie über dich wacht, dass sie die ganze Zeit bei dir ist, auch wenn du sie nicht sehen kannst. Dass sie dich jeden Tag mehr und mehr liebt."

Berry nickte, ihr kleiner Kopf wackelte gegen Sundays Brust. Sunday blickte auf, um zu sehen, wie River sie beobachtete. Ihre Augen trafen sich.

„Ich liebe dich", sagte er, seine Augen waren intensiv und Sunday lächelte.

„Ich liebe dich auch." Sie kannte die Wahrheit und in diesem Moment schien es mehr als richtig, es zu sagen.

River fuhr sie nach Telluride und sie genossen einen Morgen lang einen Spaziergang durch die Geschäfte, sogar durch die kitschigen touristischen Ecken. Berry konsumierte viel zu viel Zucker und Sunday neckte River deswegen. „Du wirst sie jetzt nie zum Einschlafen bringen."

„Oh, ihr Kleingläubigen. Ich werde ihr einfach eine meiner endlosen Geschichten über die Geschichte der Malerei erzählen. Das wird reichen."

Sunday tat so, als ob sie zustimmen würde. „Ah, ja, das wird reichen, schon gut."

River grinste und tauchte seinen Finger in den Eisbecher vor ihm. Er schmierte einen Klumpen Sahne auf ihre Nase. Berry brach in Gelächter aus und Sunday versuchte, es abzulecken, konnte aber mit ihrer Zunge nicht greifen. „Alberner Daddy", sagte Berry und malte mit Hilfe von Sunday ein Herz aus Sirup auf Rivers Wange.

River sah Sunday an und seine Augen tanzten. „Lassen wir sie damit durchkommen?"

„Oh, nein", lachte Sunday und während Berry vor Lachen kreischte, bedeckten sie das Gesicht des kleinen Mädchens mit Sirup und Streuseln und ließen die anderen Gäste über sie lachen.

„Sieh uns an." River schüttelte den Kopf und versuchte, sich und Berry zu reinigen.

„Wir sind laufende Kunstwerke." Sunday hob Berry in ihre Arme. „Ich bringe sie zur Toilette."

RIVER WISCHTE SICH DEN REST DES SIRUPS VOM Gesicht, als sein Telefon mit einer SMS ertönte. Sein Lächeln verblasste, als er sie las. „Verdammt noch mal."

Als Sunday aus dem Badezimmer zurückkam, verblasste ihr Lächeln, als sie seinen Gesichtsausdruck sah. „Was ist los?"

Er warf einen Blick auf Berry und schüttelte den Kopf.

Im Auto auf dem Weg nach Hause wartete er, bis Berry eingeschlafen war, bevor er sprach. „Angelina kommt am Freitag in die Stadt, um zu reden."

„Mein Gott."

„Ja." Er blickte sie an. „Hör zu, ich habe nachgedacht. Ich will nicht riskieren, dass sie dich erkennt. Wenn ihr beide ein Problem habt, dann wird sie der ganzen Welt verraten, wo du bist, und das werde ich auf keinen Fall zulassen. Dein Leben ist hier nicht verhandelbar."

„Also, was willst du damit sagen?"

„Wenn Angelina hier ist, kümmere ich mich um sie. Ich werde einen Besuch bei Berry unter Aufsicht erlauben – aber das ist alles, was ich bereit bin einzugehen. Um Berrys willen. Aber ich will, dass du ihr aus dem Weg gehst. Komm nicht ins Haus, lass dich nicht mit ihr ein."

Sunday war eine Zeit lang still und River griff nach ihrer Hand und nahm sie. „Du weißt, dass ich Recht habe."

„Ich wollte dir helfen."

„Ich weiß, Baby, aber das kannst du immer noch. Recherchier nach allem, was du herausfinden kannst, was wir gegen sie verwenden können, wenn es vor Gericht geht." Er seufzte. „Ich weiß natürlich, was sie will, aber sie wird es nicht bekommen."

„Sie will dich."

Er nickte. „Aber ich bin nicht verfügbar." Er grinste kläglich. „Nicht, dass ich es je bei ihr war. Nicht seit ... du weißt schon."

Sunday berührte sein Gesicht. „Wenn sie auch nur etwas versucht ..."

„Oh, das wird sie, aber ich bin jetzt ein anderer Mensch. Ein Mann. Ein Mann, der den Scheiß beenden wird, sobald sie anfängt."

„Sei nicht allein mit ihr. Carmen oder Luke sollen da sein."

„Wenn es geht. Hör zu, wirst du heute Nacht bleiben?"

Sunday nickte. „Das werde ich. Jetzt, wo Berry von uns weiß, mache ich das."

Er hob ihre Hand und küsste sie. „Danke. Zu wissen, dass du mir den Rücken freihältst, gibt mir viel Kraft, Baby. Angelina wird diesmal nicht ihren Willen bekommen."

# KAPITEL VIERZEHN

Als Berry fest eingeschlafen war, waren Sunday und River erschöpft, aber glücklich, zusammen zu sein. River ließ ihnen ein heißes Bad ein und sie teilten sich die Wanne, streichelten einander über die Haut, küssten sich. Sunday setzte sich auf ihn und er vergrub sein Gesicht in ihren Brüsten und ließ sie kichern.

„Perverser", neckte sie und er lachte.

„Wenn es um dich geht, ja." Seine Locken klebten an seinem Gesicht und sie schob sie mit den Fingern zurück.

„Gott, du siehst gut aus, Signore Giotto."

Er grinste. „Hör zu, wenn dieser Scheiß mit Angelina aus dem Weg ist, möchte ich, dass wir zusammen Urlaub machen. Italien. Ich habe ein Haus in der

Toskana. Sonne, Natur und viel Platz für Berry zum Spielen, während ich mir ihre Stiefmutter in den Olivenhainen schnappe."

„Ha ha, das ist einfach nur schlechte Kindererziehung", kicherte sie, dann seufzte sie, als er seine Hand zwischen ihre Beine schob und anfing zu reiben. „Sie fragte mich, ob wir darüber nachdenken, Kinder zu bekommen. Ich sagte, es sei viel, viel zu früh dafür."

River in Betracht gezogen. „Willst du Kinder?"

„Ehrlich? Ich habe nicht einmal daran gedacht. Mit Cory hatte ich geplant, die Welt zu bereisen, und um ehrlich zu sein, hatten wir nichts weiter geplant. Wenn ich jetzt zurückblicke, weiß ich nicht warum. Seltsamerweise hatte es sich so angefühlt, als würden wir gegen die Zeit kämpfen und es stellte sich heraus, dass wir das taten."

River hörte auf, ihr Geschlecht zu reiben und hielt sie stattdessen fest. „Es tut mir so leid wegen Cory."

Sunday nickte. „In der Nacht, als er starb ... Gott, es war so schnell, so endgültig. Er ... der Mörder, meine ich, sagte meinen Namen. Ich dachte, es wäre ein Fan; manchmal hingen sie draußen vor dem Atelier herum, um Hallo zu sagen oder einen Selfie zu ergattern. Ich lächelte ihn an, als er Cory erschoss. Ich habe gelächelt. Gott." Sie schloss die Augen und erinnerte sich daran. „Ich erinnere mich nur, dass Corys Brust explodierte, überall Blut, in meinen Augen und anstatt zu schreien, wurde ich wütend. Ich packte die Waffe und er schoss auf mich. Ich hatte es immerhin noch geschafft, ihn zu kratzen, aber es hat nichts gebracht. Sie haben ihn nie gefunden."

Rivers Arme legten sich um sie herum. „Aber du warst verletzt."

„Die Kugel hat meine lebenswichtigen Organe verfehlt, aber ich habe viel Blut verloren. Und sie konnten die Kugel nicht herausbekommen, sie ist immer noch in meiner Wirbelsäule."

Seine Finger streichelten sofort den unteren Teil ihres Rückens und sie lächelte ihn an. „Es ist also immer lustig, wenn man mit mir durch die Flughafenkontrollen geht."

„Ich hasse den Gedanken, dass du verletzt wurdest."

„Wir alle wurden verletzt, ob körperlich, sexuell oder emotional. Die Hauptsache ist, ich habe es überwunden. Du hast deins überwunden. Und wir sind zusammen. Ich liebe dich, River."

„So wie ich dich liebe, Baby. Du bist die erste Frau, die ich je geliebt habe – romantisch gesehen, meine ich. Und mehr noch, du bist die erste Frau seit meiner Mutter, der ich völlig vertraue."

„Sag das nicht Carmen." Sunday lächelte ihn an, aber seine Augen waren ernst.

„Carmen ist Carmen. Sie ist wie meine Leihmutter; manchmal vergesse ich, dass sie nicht meine Mutter ist. Aber du weißt, was ich meine. Mit meinem Herzen. Ich vertraue dir mit meinem Herzen."

Sunday kamen Tränen hoch. „Und ich vertraue dir mit meinem Leben. Wenn du mich brauchst, wenn Angelina hier ist, bin ich da, Baby. Scheiß auf alles andere. Ich bin bei dir."

SIE LIEBTEN SICH IM ABKÜHLENDEN WASSER, DANN wieder in seinem Bett. Danach legte er seine Arme um sie und küsste sie. „Ich freue mich darauf, mit dir aufzuwachen."

„Ich auch."

River schlief bald ein, aber Sunday schaffte es nicht, wegzudriften. Sie lag in seinen Armen, bis sie sicher war, dass er fest eingeschlafen war und rutschte dann aus dem Bett. Wenn sie eine Weile las, konnte sie vielleicht schlafen gehen.

Das Haus war nachts so ruhig. Draußen war der Mond voll und er warf ein blaues Licht durch das ganze Haus. Der See draußen war so still wie Kristall. Sunday ging in ihr Büro und holte eines von Ludovico Giottos

Tagebüchern ab. Sie schnappte sich ein kleines Leselicht, schob ihre Brille in die Nase und begann zu lesen.

Erst eine Stunde später wurde es ihr klar. Plötzlich wusste sie, warum River die Tagebücher seines Vaters transkribiert haben wollte. Er wollte es wissen. Er wollte wissen, ob sein Vater von Angelinas Missbrauch seines Sohnes gewusst hatte.

„Oh, Gott, bitte nicht ..." Sunday schüttelte den Kopf, verängstigt von der Schwere der Erwartung, die sie plötzlich spürte. Wenn Ludo gewusst hätte ...

Sollte sie lügen? Wenn es dazu kam, war es dann besser für River zu glauben, dass sein Vater das alles nicht mitbekommen hatte?

„Verdammt." Sie fuhr sich mit den Händen über die Augen. Was sollte sie tun?

Ihr wurde leicht übel und sie schob das Tagebuch wieder auf den Schreibtisch und schaltete die Lampe aus. Sie ging in die Küche und holte sich ein Glas Eiswasser. Sie leerte es und schloss dann die Augen.

Sie fühlte ihn hinter sich und drehte sich um, als er nach ihr griff. Seine Lippen waren auf ihren und sie öffnete ihren Mund, um zu sprechen, aber er schüttelte den Kopf. Im blauen Mondlicht sah er noch heißer aus und als er sie auf die Theke hob und ihre Beine spreizte, gab sich Sunday ihm hin. Er schob sie zurück und legte ihre Beine um sich. Sein Schwanz schob sich an sie und vergrub sich dann tief in ihr. Sundays Rücken wölbte sich, als River sie fickte, beide stumm, bis auf ihre Atemzüge.

Sie kam hart und River dämpfte ihre Schreie mit seinem Mund, sein Schwanz pumpte dickes, cremiges Sperma tief in sie hinein. Als sie keuchte und versuchte, zu Atem zu kommen, hob er sie in seine Arme und brachte sie zurück ins Schlafzimmer, wo sie wieder Liebe machten.

Sunday streichelte hinterher sein Gesicht, während sie sich erholten. „Ich liebe dich so sehr", flüsterte sie und River nickte, seine Augen auf die ihren gerichtet.

„Du bist jetzt meine Welt", sagte er einfach und küsste sie wieder.

Diesmal hatte Sunday keine Schwierigkeiten, in seinen Armen einzuschlafen.

AUSSERHALB DES HAUSES MACHTE DER MANN NOCH EIN paar weitere Aufnahmen von dem schlafenden Paar. Die Aufnahmen waren dunkel, aber er konnte es nicht riskieren, seinen Blitz zu benutzen. Zum Glück für ihn erhellte der helle Mond die schlafenden Liebenden und er schaffte es, Fotos von ihren Gesichtern zu machen.

Später, zurück im Motel, schickte er sie zu seinem Kunden. Wenige Minuten später wurde eine Banküberweisung in Zahlung genommen. Eine kurze E-Mail sagte ihm: „Gut gemacht."

Und das war's dann auch schon.

IN NEW YORK BEGANN ANGELINA MARSHALL ZU lachen, als sie sich die Fotos ansah, und sie nahm ihr Handy und rief Scanlan an. Er war nicht erfreut darüber, geweckt zu werden.

„Was zum Teufel könntest du um diese Zeit wollen, Angelina?"

„Oh, ich denke, du wirst viel netter mit mir reden wollen", schnurrte sie, siegestrunken. „Du wirst *nie* erraten, wer River Giottos neuste Eroberung ist ..."

## KAPITEL FÜNFZEHN

Ein paar Tage später und Sunday verabschiedete sich von River, als sie sich darauf vorbereitete, sich für die nächsten Tage in ihrer Wohnung zu verstecken. „Versprichst du mir, dass du anrufen wirst, wenn du mich brauchst?"

„Ich schwöre bei Gott. Gott, ich werde dich vermissen." Er wickelte ihr Haar in seine Faust und beobachtete sie. „Verlieb dich nicht in jemand anderen."

„Ha." Sie kuschelte ihre Nase gegen seine. „Lass sie nicht an dich ran."

River lächelte. „Werde ich nicht."

Sunday hasste es, ihn in Ruhe zu lassen, weil er wusste, dass seine Missetäterin bald dort auftauchen würde. Sie hatte einige von Ludos Tagebüchern in eine Tasche gepackt und plante, die nächsten Tage mit der Arbeit zu verbringen. Aber, als sie ihre Tasche in ihrer kalten Wohnung absetzte, fühlte sie das Bedürfnis, auszugehen und sich von dem abzulenken, was auf dem Schloss geschah.

Sie ging zu Daisys Caféhaus, um ihre Freundin zu sehen. Sie war überrascht, sie mit Tony, dem jungen Snowboarder, plaudern zu sehen und Sunday erkannte schnell, dass ihre Freundin und der Newcomer miteinander ausgingen.

Gut. Es ersparte jegliches unangenehme Flirten. „Wie geht es dir? Es tut mir leid, dass ich seit ein paar Tagen nicht mehr da war."

Daisy grinste sie an. „Mensch, es ist alles in Ordnung. Ich weiß, dass du und River ziemlich vernarrt seid."

„Wirklich?"

„Nichts bleibt hier lange geheim. Ich finde es wunderbar und hör mal, sogar Aria wirkt nicht allzu pingelig deswegen."

Sunday rollte mit den Augen. „Das freut mich. Ich könnte auf einen weiteren Feind verzichten." Zu spät wurde ihr klar, was sie gesagt hatte. „Ich meine, eine eifersüchtige Ex."

Sie lächelte Tony an. „Also, lernt ihr beide euch

kennen?"

„Sie ist großartig, obwohl ich manchmal Probleme mit dem Akzent habe. Sie hat bei ihrem Vater ein gutes Wort für mich eingelegt, hat mir einen Job besorgt."

„Das freut mich zu hören." Sie trank ihren Kaffee und fragte sich dann, warum Tony sie anstarrte. „Stimmt etwas nicht?"

„Nein ... es ist nur, du erinnerst mich wirklich an jemanden."

Sundays Bauch erzeugte einen Hauch von Unbehagen. „Oh?"

„Warst du schon mal im Fernsehen?"

Sie zwang ein Lächeln. „Nein."

„Hm."

Wechsle das Thema. „Also, welchen Job haben sie dir im Skizentrum gegeben?"

Sie hörte nicht wirklich auf das, was er sagte, erschüttert von seiner möglichen Wiedererkennung. Es verursachte Übelkeit bei ihr und sie erkannte, wie viel River aufgab, um sie zu schützen. Das Mindeste, was sie tun konnte, war, sich außer Sichtweite zu halten.

Sie trank ihren Kaffee aus und entschuldigte sich, aber als sie sich auf den Weg zur Tür machte, öffnete sie sich und Sundays Atem stockte in ihrer Brust.

Angelina war angekommen.

ANGELINA SAH SIE DIREKT AN, ABER IN IHREN AUGEN erschien keine Wiedererkennung. Hinter Angelina stand ein großer, gutaussehender Mann mit durchdringenden blauen Augen. „Verzeihung, bitte", murmelte Sunday, als sie an ihnen vorbei und aus der Tür ging. „Danke", sagte sie zu dem Mann, der sie anlächelte.

„Es war mir ein Vergnügen."

Sie floh über die Straße und schloss ihre Wohnungstür hinter sich ab. Sie hatte nicht bemerkt, dass es sie so sehr erschüttern würde, einen Teil ihres vergangenen Lebens zu sehen, auch ohne den offensichtlichen Horror, den Angelina in Rivers Leben angerichtet hatte. Sunday fühlte Wut, Groll, Angst und Verzweiflung auf einmal und jetzt war sie froh, dass sie allein war, so dass sie weinen und schimpfen und den ganzen aufgestauten Schmerz loswerden konnte.

Sie schrie sich selbst aus, dann nahm sie eine Dusche, mit Kopfschmerzen, die um ihre Schläfen hämmerten. Sie entschied, dass sie heute nicht arbeiten würde, machte stattdessen ein langes Nickerchen, wachte auf, nur um etwas Pasta zu essen und schlief dann wieder ein.

Sie wachte auf, benommen, als ihr Handy klingelte. Sie lächelte, als sie sah, wer anrief. „Hey, Baby."

„Hey, hübsches Mädchen." River klang ruhig. „Ich vermisse dich."

„Ich dich auch, mein Liebling." Sie zögerte. „Hast du sie gesehen?"

River seufzte. „Ja ... und ich weiß nicht genau, was ich von ihrem Besuch halten soll."

Sunday setzte sich auf. „Wie das?"

„Nun, zum einen hat sie ihren Verlobten mitgebracht. Die Schlampe heiratet. Armer Kerl."

Sunday hörte die Belustigung in Rivers Stimme und war froh, dass er nicht verärgert war. „Was hat sie über Berry gesagt?"

„Sie will Besuche. Ich sagte ihr okay, aber unter bestimmten Bedingungen."

„Wie?"

„Wie zum Beispiel, dass sie beaufsichtigte Besuche bekommt. Sie zieht nicht hierher um. Sie erwartet nicht, dass ich da bin, aber jemand wird immer mit Berry gehen." Er seufzte. „Ich habe es vielleicht ein wenig weit getrieben, als ich ihr sagte, sie solle ihren Pass abgeben, wenn sie Berry besucht."

Sunday schnaubte. „Mit Angelina treibt man nichts zu

weit." Sie zögerte. „Sie hat mich gesehen. Ich war bei Daisy, um Kaffee zu holen, und sie kam rein. Sie sah mich direkt an und ich schwöre, River, da war nichts. Sie hat keine Ahnung."

River stöhnte. „Sag so etwas nicht. Wir können nicht nachsichtig werden. Hast du den Mann mit ihr erkannt?"

„Überhaupt nicht. Wer ist das?"

„Ein Immobilienmakler aus New York. Wenn Angelina ihn heiratet, muss er reich sein. Brian Scanlan. Bist du sicher, dass du ihn nicht kennst?"

„Sagt mir nichts. Ich werde ein paar Nachforschungen anstellen."

„Das ist mein Mädchen." Er seufzte. „Ist es seltsam, dass ich mir Sorgen mache, dass du dort allein bist?"

„Das solltest du nicht. Ich bin absolut sicher, Baby. Es ist nur für ein paar Tage, dann bin ich wieder da."

„Ja, ich weiß." River war für einen Moment ruhig und Sunday fühlte mit ihm.

„War es schmerzhaft?"

„Ja. Sie einfach nur zu sehen. Ich dachte, ich würde durchdrehen, ihr Glied für Glied zerreißen, aber ich denke, deshalb hat sie den Verlobten mitgebracht."

„Was hältst du von ihm?"

„Bezaubernd. Falsch wie der Teufel. Das passt gut zusammen."

Sunday lachte. „Ich liebe es, wenn du ein Miststück bist, Giotto. Ich liebe dich."

„Ich liebe dich auch, Schatz."

Sie sprachen noch eine Weile und sagten dann gute Nacht. Sunday fühlte einen Hauch von Einsamkeit und lauschte der Ruhe der Wohnung. Sie ging in die Küche und holte sich etwas Aspirin. *Vielleicht habe ich zu lange geschlafen.* Ihre Augen fühlten sich durch das Weinen geschwollen an. Sie machte einen starken Kaffee und schaltete ihren Laptop ein und gab Brian Scanlan in die Suchmaschine ein.

Das oberste Ergebnis war eine professionelle Website für Scanlan Properties, eine High-End-Immobilienfirma in Manhattan. Sie klickte sich durch die Seite, bis sie auf die Seite über den Besitzer kam. Brian Scanlan, 42, unverheiratet, war ein selbstgemachter Mann, der dank seines versierten Geschäftsgeistes unglaublich reich war und auf fadenscheinige Weise gut aussah. Rücksichtslos in der Wirtschaft, war er ein fester Bestandteil der Upper East Side Gesellschaft.

„Warum habe ich dann noch nie von dir gehört?" murmelte Sunday vor sich hin. River hatte Recht. Da war etwas Verdächtiges an diesem Kerl. Sie machte eine intensive Websuche nach seinem Namen, konnte aber nur die grundlegenden Fakten finden, die sie bereits kannte. „Niemand ist so anonym, besonders nicht jemand, der so reich ist wie du, Mister Scanlan."

Ihre journalistische Neugierde war nun geweckt. Wenn er in einer Beziehung mit einer Viper wie Angelina war, musste etwas für ihn dabei herausspringen. Okay, also Angelina galt angeblich als schön, aber ihre abscheuliche Natur schloss jeden aus, der ein Gramm Menschlichkeit in sich trug, oder? Sunday seufzte. War sie ungerecht?

Nein. Sie hasste Angelina mit der Wut von tausend Sonnen und jeder, der mit ihr zusammenhing, musste schlecht sein. „Wenn du dich mit meinem Mann anlegst, Scanlan, bist du totes Fleisch." Als ob sie etwas dagegen tun könnte. Von dem wenigen, das sie über ihn herausgefunden hatte, war Scanlan ein bedeutender Mann.

Sie schaltete ihren Computer aus und ging ins Bett, wobei sie sicherstellte, dass die Tür zur Wohnung verschlossen war. Rivers Warnung hatte sie doch nervös gemacht.

Es war dunkel, als sie ihre Augen öffnete und als sie sich an die Dunkelheit gewöhnt hatten, hörte sie jemanden atmen. Nein, nein, nein, sie stellte es sich nur vor. Sie schloss die Augen, aber dann hörte sie die

Diele knarren. Sie setzte sich auf. Ihre Sicht war seltsam verschwommen, als sie sah, wie die Gestalt auf sie zukam ...

*Warum kann ich mich nicht bewegen?*

Der Eindringling kam näher und sie konnte sehen, dass sein Gesicht keine Gesichtszüge hatte, sein Körper war drahtig und seine Hände ... lieber Gott, seine Hände waren *Messer* und er trieb sie in sie hinein ...

*Wach auf.*

Sunday stand auf und keuchte nach Luft. „Verdammte, scheiß Alpträume." Die Worte auszusprechen, ließ sie sich besser fühlen. Scheiße, hatte sie sich wirklich in eine solche Pussy verwandelt?

Sie blickte auf die Uhr. Kurz nach eins. Sie wusste, dass River noch wach sein würde. Sie rief ihn an.

„Hey, Schönheit."

„Hübscher Mann. Ich lag nur hier und vermisste die Berührung deiner Hände."

River lachte leise. Er wusste, was sie wollte. „Fühlst du dich geil, hübsches Mädchen?"

„Immer für dich. Hast du Klamotten an?"

„Nur meine Unterwäsche."

„Zieh sie aus."

River lachte. „Mach ich, wenn du es machst."

„Oh, ich ziehe alles aus."

Er stöhnte. „Gott, ich wünschte, ich könnte da sein."

„Was würdest du mit mir machen?"

„Ich würde jeden Teil von dir küssen, angefangen bei deinen Lippen, dann bei deiner Kehle. Ich würde an jeder Brustwarze saugen, bis sie steinhart und rau sind. Wo ist deine Hand, Baby?"

„Auf meinem Bauch."

„Streichle ihn für mich. Tu so, als wären deine Finger meine. Ich streichle gerne deinen Bauch, er ist so weich. Ich liebe es, meine Zunge um deinen Bauchnabel zu ziehen. Kannst du das machen? Mit dem Finger, meine ich, umkreise deinen Nabel und tue so, als wäre ich da, ihn lecken und necken."

Sunday stöhnte leise, ihre Augen schlossen sich. „Berühre deinen Schwanz für mich, Baby. Tu so, als ob sich meine Lippen um ihn herum schließen, meine Zunge fließt über deinen breiten Wipfel. Du bist hart, so hart, Baby und so, so groß ..."

Sie hörte seinen scharfen Atemzug. „Ich gehe nach Süden, Baby, deinen Bauch runter und jetzt ist meine Zunge auf deiner Klitoris ... Gott, du schmeckst so gut, Sunday ... meine Zunge ist in dir, tief, tiefer ..."

Sunday, ihre Finger ihre Klitoris streichelnd, wand sich auf dem Bett. „Ich will dich in mir; dein Schwanz ist so hart, so hart ... fick mich, River, bitte ..."

„Ich bin in dir. Nimm alles, Baby, genau so ... genau so ..."

Sunday kam, schrie seinen Namen, während sie ihre Klitoris streichelte und stellte sich seinen diamantharten Schwanz vor, der sie füllte. „Gott, River ... River ... Ich liebe dich so sehr ..."

Sie hörte sein langes Stöhnen der Befreiung. „Sunday ... für immer ... Ich liebe dich ..."

Nachdem sie wieder zu Atem gekommen waren, redeten sie bis spät in die Nacht. „Nur noch eine Nacht voneinander entfernt, dann sind wir frei."

„Ich kann es kaum erwarten. Gute Nacht, Baby."

„Gute Nacht, mein Liebling."

DANACH HATTE SUNDAY KEINE ALPTRÄUME MEHR. ABER als sie am Morgen aufwachte, fand sie die erste Notiz unter ihrer Tür und fühlte, wie ein eiskalter Kälteschock ihr Herz packte.

ICH HABE DICH GEFUNDEN, MARLEY.

# KAPITEL SECHZEHN

„Wir müssen dich verlegen."

Sunday schloss ihre Augen. „Nein. Sam, nein."

Sie hörte seinen Seufzer am anderen Ende des Wegwerftelefons. „Sunday, ich kann dich nicht zwingen, etwas zu tun. Aber wenn dein Stalker dich gefunden hat, ist dein Leben in Gefahr."

„Ich kann nicht gehen, Sam. Ich habe hier ein Leben, Verpflichtungen ... jemanden, den ich liebe. Menschen, die ich liebe."

„Du hattest dasselbe in New York."

Mit seinen Worten erkannte sie, dass nein, es nicht dasselbe war. „Nein. Es war nicht dasselbe in New York. Ich wusste es damals nicht, aber mein Leben dort endete, als Cory starb. Nichts hielt mich dort. Hier ... begann mein Leben wirklich."

„Du weißt, dass wir nicht garantieren können, dass wir dich beschützen. Ich meine, wir werden mit der örtlichen Polizei zusammenarbeiten, um diesen Kerl aufzuspüren, aber wenn du dort bleibst, bist du ein leichtes Ziel."

„Ich weiß. Ich werde das durchstehen, Sam. Ich muss mich ihm stellen."

„Weißt du, wie man eine Waffe benutzt?"

„Nein, aber ich kann es lernen. Mein Partner hat eine in seinem Haus."

„Hast du ihm von der Nachricht erzählt?"

„Noch nicht." Sunday fühlte sich schuldig. „Ich wollte zuerst mit dir reden, bevor ich das auf ihn loslasse."

„Er weiß von dir?"

„Ja. Es ist eine ernste Beziehung, Sam. Es ist River Giotto."

„Ah. Nun, nach dem, was ich höre, weiß der Mann über Sicherheit Bescheid."

Sunday sagte nichts. Sie konnte erkennen, dass Sam besorgt war. „Schau, vielleicht sollte ich mich offenbaren, diesen Kerl rufen. Ihm sagen, er soll mich holen kommen. Das hinter mich bringen."

„Und wenn er dich tötet?"

„Wenn er mich tötet, tötet er mich. Wenigstens wird es vorbei sein." Ihre Stimme brach und widersprach ihren starken Worten. „Ich kann so nicht mehr leben."

„Okay, Liebling. Schau, gibt es jemanden Neuen in der Stadt? Ein Fremder für alle?"

„Ein paar. Ein Snowboarder und ein Typ, der in New York groß im Immobiliengeschäft ist."

„Wer ist der Letzte?"

„Brian Scanlan?"

„Ah, ja."

Sunday spürte, wie ihr Herz schlug. „Du hast von ihm gehört?"

„Nicht viele Menschen in New York haben das nicht. Und nein, er ist keine Person von Interesse. Also, wer ist der andere Typ?"

Sie erzählte ihm von Tony und er sagte ihr, er würde einige Nachforschungen anstellen. „Fürs Erste, geh ihm aus dem Weg. Nur für alle Fälle. Kannst du bei River unterkommen?"

Sie seufzte. „Ich schätze, jetzt, wo das Geheimnis irgendwie aufgeklärt ist, ja. Seine Ex-Stiefmutter ist Angelina Marshall. Sie ist in der Stadt."

„Diese Schlange."

Sunday lächelte dankbar. „Oh, was würde ich geben, wenn sie wegen etwas verhaftet würde? Irgendwas."

„Ja, sie ist ein echtes Stück Arbeit, richtig."

Für eine Sekunde dachte Sunday darüber nach, Sam von Angelinas sexuellem Missbrauch von River zu erzählen ... aber es war nicht ihre Geschichte, die sie zu erzählen hatte. „Ich gehe zu River."

„Gut. Und um Himmels willen, pass auf dich auf. Behalt dieses Telefon in der Nähe. Ich rufe dich an."

„Danke, Sam."

Sie rief River sofort an und er ließ sie versprechen, bei verschlossener Tür drinnen zu bleiben. „Ich komme, um dich zu holen. Pack all deine Sachen, du ziehst bei mir ein."

Die Feministin in ihr knurrte, aber die Geliebte in ihr liebte seine herrischen Worte und sie sagte es ihm. Er lachte nicht. „Ich kann keine Witze machen, solange dein Leben in Gefahr ist, Baby."

Er war in weniger als zwanzig Minuten dort. Sie ließ ihn rein und er zog sie in seine Arme. Sie erkannte, dass er zitterte.

„Ich bin so wütend, Baby. Ich hätte dich nie allein

lassen sollen."

„Ich weiß nicht, wie er mich gefunden hat." Sie lehnte sich an ihn an und war nur erleichtert, dass er da war. „Aber es ist Zeit, das zu beenden, ein für alle Mal."

River ließ sie gehen und betrachtete sie. „Denkst du, ich lasse zu, dass du dich als Köder benutzt?"

„Nein und das meine ich nicht. Ich meine, ich bin fertig mit dem Weglaufen. Du bist mein Leben und mein Leben ist hier in Rockford." Sie sah die Bewunderung und auch die Angst in seinen Augen. „Dann werden wir es gemeinsam angehen."

River küsste sie. „Du kannst darauf wetten, dass wir das werden."

Berry lief auf sie zu und warf ihren kleinen Körper in Sundays Arme. „Sunny!"

Sunday kicherte und schwang sie herum. „Mein neuer Name?"

River unterdrückte ein Lächeln. „Sag Sunny, warum du sie so nennen willst."

„Nun", begann Berry, „Du bist Sunday, aber auch so was wie eine Mami, also dachte ich, ich würde dich Sunny nennen."

Sunday war zu Tränen gerührt und sie räusperte sich,

bevor sie antwortete. „Ich liebe es, Berry und dich liebe ich auch."

Berry lächelte vor Freude und vergrub ihr Gesicht in Sundays Nacken. Sunday hielt sie fest. River beobachtete sie, ein Lächeln auf seinem Gesicht. „Familie", war alles, was er sagte und sie nickte.

RIVER SAGTE IHR, DASS ANGELINA SPÄTER vorbeikommen würde, um Berry zu sehen. Sunday nickte. „Nun, ich werde da sein. Ich verstecke mich nicht mehr. Vergiss es."

River sah nicht glücklich aus, aber er musste zustimmen. „Ich kümmere mich um die Sicherheitsmaßnahmen hier und bitte, Schatz, bis er erwischt wird, geh nicht alleine raus."

Sie erzählte ihm, was Sam sagte und er nickte. „Ja, ich habe über den Jungen nachgedacht. Denkst du, er könnte es sein?"

„Das ist es ja gerade. Ich glaube nicht. Ich meine, er sagte, dass er mich neulich erkannt hat, fragte mich, ob ich jemals im Fernsehen war. Er wirkt so arglos und Daisy mag ihn sehr. Ich hoffe, hoffe so sehr, dass es nichts ist."

River nickte. „Vielleicht ... nein."

„Was?"

„Wir könnten Aria bitten, ein Auge auf ihn zu werfen. Um Daisys willen würde sie es tun, da bin ich mir sicher."

Sunday war skeptisch. „Es ist nur ... können wir ihr vertrauen? Sie ist nicht gerade der größte Fan von uns beiden."

„Um Daisy zu beschützen, ja, würde sie. Du kannst über Aria und ihre Primadonna-Art sagen, was du willst, aber sie liebt Daisy."

Sunday nickte. „Okay."

River streichelte ihr Haar. „Bist du bereit, Angelina zu begegnen?"

Sunday lächelte ihn an. „Ich werde versuchen, der Schlampe nicht das Gesicht abzureißen, wenn du das meinst."

„Ich liebe dein Feuer." Er zögerte einen Moment lang. „Sag mal, keine große Sache, aber hast du ..."

„Ich bin noch nicht zu diesem Teil des Tagebuchs deines Vaters gekommen", sagte sie ihm sanft und er zuckte verlegen mit den Achseln.

„Ich sollte nicht einmal bei allem, was vor sich geht, fragen. Es würde nur helfen, wenn man mit ihr zu tun hätte."

„Ist sie immer noch ... was auch immer sie denkt, was

sie tut?"

„Nicht so sehr, wenn der Verlobte da ist, aber wenn er weggeht ... ja. Sie machte deutlich, dass ich das alles verschwinden lassen könnte, wenn ich ... ugh. Ich kann nicht mal die Worte sagen."

Sunday legte ihre Arme um seinen Hals. „Hör zu ... während wir es mit ihr zu tun haben, geben wir ihr einen Vorgeschmack auf ihre eigene Medizin. Ich werde mich zu erkennen geben, wenn sie mich diesmal nicht erkennt, und ich werde ihr sagen, dass ich hier bin, weil ich einen geheimen Auftrag habe. Ein historischer Fall ... eine Geschichte über den sexuellen Missbrauch eines Kindes eines reichen Mannes ... und das Outing eines Missbrauchers. Es wird nicht wahr sein ... aber es wird sie inne halten lassen." Sie schüttelte den Kopf. „Jedes Mal, wenn ich darüber nachdenke, will ich sie töten und zu denken, dass sie den Mut hatte, an Berrys Leben teilhaben zu wollen ..."

„Hey, hey, atmen", sagte River und gluckste dann. „Ich schätze, wir könnten beide für den anderen töten."

Sunday nickte. „Ich würde für dich sterben, River. Und Berry."

River holte tief Luft. „Ich fühle das Gleiche, aber keiner von uns stirbt für jemanden. Das ist jetzt unsere Familie und es gibt nichts, was ich nicht tun würde, um sie zu beschützen. *Nichts.*"

## KAPITEL SIEBZEHN

Sie beschließen, Angelina einen kleinen Schock zu bereiten. Sunday würde warten, bis Angelina sich niedergelassen hatte, um mit Berry und River zu sprechen, bevor sie sich bekannt machte.

„Ich kann es kaum erwarten, den Ausdruck auf dem Gesicht dieser Schlampe zu sehen."

River gluckste. „Ich liebe das Böse in dir."

Sunday grinste ihn an. „Hör auf, mich so anzusehen, sonst ficken wir immer noch, wenn sie hier ankommen."

„Jetzt habe ich einen Ständer."

„Schlag ihn runter, Spieler."

Sunday staunte über ihre Fähigkeit, angesichts dessen, was passieren würde, herumzualbern, aber sie hatte gelernt, dass es ihr Weg war. Du verlierst deine Fähigkeit, Farbe zu sehen und bist Künstler? *Mach Witze drüber.* Stehst gleich vor deinem Missbraucher? *Dummer Spruch.* Gestalkt von einem Größenwahnsinnigen? *Tu so, als wäre es dir scheißegal.*

Aber es war in ihren verschränkten Händen, den Berührungen ihrer Körper, der Begegnung ihrer Blicke, das alles sagte. *Du gehörst mir und ich werde sterben, um dich zu beschützen.* Sunday sah das jetzt in Rivers Augen und hoffte, dass er es in ihren Augen sehen konnte.

Carmen kam, um sie zu finden. „Vampira ist hier."

Sunday schnaubte und sie fühlte, wie sich River leicht entspannte. „Wer ist Vampira?" Berry kam in den Raum und Carmen machte ein Gesicht.

„Vampira ist Carmens Kosename für Angelina", klärte River seine Tochter auf. „Weil sie kein netter Mensch ist."

Sunday war überrascht von Rivers Ehrlichkeit. „Aber du solltest Angelina nicht sagen, dass Carmen sie so nennt", sagte sie eilig.

Berry zuckte mit den Schultern. „Okay."

Sunday ging, um außer Sichtweite zu warten, während Carmen Berry zurück in ihr Schlafzimmer brachte. Als sie zum ersten Mal Angelinas Stimme hörte, fühlte sie eine weißglühende Wut. Wie kann es diese Frau wagen, nach dem, was sie getan hat, weiterhin so in das Leben von River einzudringen? Sie hörte die Stimme von Brian Scanlan River höflich begrüßen. Wer war dieser Typ?

Sie wartete, bis sie sich hinsetzten und dann hörte sie River sprechen. „Also, nach unserer letzten Diskussion sollte ich dir sagen, dass sich die Dinge geändert haben. Ich werde das volle Sorgerecht für Berry beantragen und ich werde den Richter bitten, eine lebenslange einstweilige Verfügung gegen dich zu erlassen. Du wirst sie nie wieder sehen."

Es herrschte eine verblüffende Stille. „Das ist nicht das, was wir besprochen haben."

„Nein, aber es ist das, was ich entschieden habe, Angelina. Auf keinen Fall werde ich einer Pädophilen den Zugang zu meinem Kind ermöglichen. Bist du verrückt?"

Unsichtbar machte Sunday mit ihrer Hand einen Siegesgruß. *Hol sie dir, Baby.* Sie hörte, wie Scanlan sich räusperte. „Es tut mir leid, ich weiß nicht, wovon er redet, Angelina."

*Mein Part.*

. . .

„Wovon er redet, Mister Scanlan", sagte sie und kam in den Raum, „ist, dass Ihre Verlobte, Frau Marshall hier, River von seinem fünfzehnten Lebensjahr bis zu seinem achtzehnten Lebensjahr missbraucht und vergewaltigt hat. Sie hat ihn nicht nur sexuell missbraucht, sondern auch sein Leben verbal und emotional zur Hölle gemacht." Sie sah Angelina an, die sie voller Hass anstarrte. „Hallo, Angelina, wie schrecklich, dich wiederzusehen."

Angelinas Lippen kräuselten sich. „Mein Gott ... *Marley Locke.*" Sie schien nicht überrascht zu sein.

Brian Scanlan blinzelte. „Es tut mir leid, wer ist diese Frau?"

„Mein Name ist jetzt Sunday Kemp, Mister Scanlan, aber vorher war ich Marley Locke, eine Journalistin und Nachrichtensprecherin in New York. Und Miss Marshall und ich haben eine Vergangenheit. Ich habe gründlich daran gearbeitet, Mister Giottos Geschichte über dich zu erfahren, Angelina, und glaub mir, die Beweise sind unbestreitbar. Wir haben eine schriftliche Aussage von seinem Vater und einem Teil des Personals, das Ludo beschäftigte, und wir werden sie den Behörden übergeben."

Sie drückte Rivers Schulter und hoffte, er würde wissen, dass sie sich das ausgedacht hatte. „Du bist erledigt, Angelina", sagte sie, ihre Stimme wie Stahl. „Wir haben die Beweise bereits an die Polizei übergeben. Ich erwarte, dass du verhaftet wirst, wenn du nach New York zurückkehrst."

„Du Schlampe", Angelina zitterte, deutlich verunsichert. „Du denkst, du kommst hierher und spreizt deine Beine für meinen Sohn ..."

„Nicht dein Sohn. *Niemals dein Sohn.*" River stand jetzt, seine Größe imposant. Selbst Scanlan konnte damit nicht mithalten. Rivers Wut war weißglühend, als er auf Angelina zukam, die auf ihre Füße sprang und sich zurückzog. „Du hast mich vergewaltigt ... du denkst wirklich, ich würde dich jemals, jemals in die Nähe meines Kindes lassen? Und male dich nicht als Opfer, obwohl ich weiß, dass das deine Lieblingsposition ist. Unsere Dame der ewigen Opferposition. Du bist Abschaum, Angelina." Er sah Scanlan an. „Ich kenne Sie nicht, aber laufen Sie weg. Verschwinden Sie. Gehen Sie weg von ihr. Sie wird Ihnen das Leben aussaugen."

„Angelina, ich denke, wir sollten gehen." Scanlan packte Angelinas Arm, aber sie riss ihn weg und stürzte sich auf Sunday. Aber Sunday war bereit für den Angriff und trat Angelina geschickt zur Seite, trat ihr in die Knie und schickte sie zu Boden.

Angelina krabbelte auf die Beine und versuchte es erneut, aber Sunday, die bereit für einen Kampf war, winkte ihr zu. „Komm schon, Schlampe. River kann keine Frau schlagen, aber ich kann es ganz sicher. Gib mir das Vergnügen, Angelina."

„Das wird nicht nötig sein, Miss Kemp." Scanlan schien verunsichert. Er hob Angelina auf die Füße und nickte River zu. „Verzeihen Sie mir, Mister Giotto. Ich hatte keine Ahnung."

Angelina machte ein angewidertes Geräusch, aber Scanlan zog sie praktisch aus dem Haus. Angelina schrie immer noch, als Scanlan sie in das Auto schob. Sunday und River beobachtete, wie sie wegfuhren, und starrten sich dann gegenseitig an.

„Ist das gerade passiert?" sagte River ungläubig und Sunday brach in Gelächter aus.

„Das ist es wirklich, Cowboy. Du hast sie flachgelegt."

„*Du* hast sie festgenagelt. Gott, das war so heiß."

Sunday küsste ihn. „Komm und zeig mir, wie heiß."

„Ähem", sagte Carmen, ein Grinsen auf ihrem Gesicht, als sie mit Berry zurückkehrte. „Kinder anwesend."

Sie sah River an, der seine Tochter in seine Arme zog. Berry küsste seine Wange. Carmen legte ihre Hand auf seinen Arm. „Geht es dir gut?"

„Das tut es", sagte er. „Ich habe es ihr gesagt. Ich habe gegen sie gekämpft. Ich fühle mich ... besser."

Carmen und Sunday grinsten ihn beide an. Sunday hatte Tränen in den Augen. „Niemals stolzer gewesen."

„Warum mache ich uns allen nicht ein Mittagessen?

Irgendwelche Vorlieben?" fragte Carmen, das Grinsen auf ihrem Gesicht zeigte, dass sie wusste, was sie alle sagen würden.

„Pizza."

„Pizza!"

Carmen kicherte. „Dann kommt schon."

River nahm Sundays Hand, als sie Carmen zurück in die Küche folgten. „Danke, Baby, dass du für mich da bist."

Sunday lächelte ihn an, ihre Augen voller Liebe. „Jederzeit, wunderschöner Mann. Jederzeit."

ANGELINA HÖRTE DIE GANZE FAHRT VON RIVER GIOTTOS Wohnung über nicht auf, ihn anzuschreien, und schließlich, angewidert von ihrer schrillen Stimme, schlug Scanlan sie mit einem Hieb gegen die Schläfe bewusstlos. Ihr Kopf knackte befriedigend, als er gegen das Seitenfenster prallte, und endlich war sie ruhig.

Scanlan seufzte vor Erleichterung. Er wollte an Marley denken, daran, dass sie keine Ahnung hatte, wer er war, was er für ihr Leben war. Wie schön sie aussah. Ihr Haar, zurück in ihrer natürlichen, schokoladenbraunen Farbe, ihre großen dunklen Augen, dieser volle, rosa Mund ...

Er war überrascht, dass sie nicht ängstlicher ausgesehen hatte, dass sie so offen damit umging, wer sie wirklich war. Wenn sie hierhergekommen wäre, um ein neues Leben zu beginnen ... naja ... offensichtlich, schlief sie mit River Giotto. Egal. Lass sie denken, dass sie glücklich war.

Scanlan fuhr in die Berge hinaus und parkte an einem Aussichtspunkt. Er starrte auf den schneebedeckten Boden. Was jetzt? Angelina hatte ihm nichts von ihrem Missbrauch von Giotto erzählt und er staunte über ihre Dummheit, gegen ihn anzutreten. Also hatte er seinen Einfluss auf sie verloren ... oder doch? Er sah die bewusstlose Frau auf dem Sitz neben sich an. Angelina kannte sein Geheimnis ... aber wenn sie jetzt sterben würde, wäre er der Erste, der verhaftet würde. Das bedeutete nicht, dass er sie nicht bedrohen konnte, wenn sie versuchte, ihr Schweigen zu brechen ... Er musste vorsichtig vorgehen.

Alles, worum er sich kümmerte, war Marley – Sunday – in sein Leben zu bringen und von Giotto wegzubekommen. Vielleicht, wenn er Angelina versprechen würde, dass sie River zurückbekommt, wenn er Sunday mitnimmt ... natürlich würde er das nie zulassen. Er würde Giotto töten, Angelina in die Falle locken und sie den Konsequenzen überlassen, während er sein Leben mit der Frau, die er liebte, richtig begann.

Er war nicht dumm genug zu glauben, dass Sunday

ihm sofort in die Arme fallen würde – sie wäre zu beschäftigt damit, um ihren toten italienischen Bastard zu trauern – aber langsam würde sie erkennen, dass sein Tod bedeutete, dass sie endlich dort sein würde, wo sie hingehörte.

Scanlan hatte seinen ersten Plan aufgegeben, sie auf sein Grundstück im Hinterland von New York zu bringen. Nein. Er müsste sie aus dem Land bringen, irgendwo, wo das FBI sie nicht finden konnte. Er kaufte eine Insel, einen winzigen, privaten Ort auf den Inseln des Leewards. Irgendwo, wo sie keine Chance hatte, ihm zu entkommen.

Irgendwo, falls es dazu kommen sollte, wo ihr Mord unbemerkt bleiben würde, ihr Körper unentdeckt.

Angelina stöhnte und er wartete, bis sie ihre Augen öffnete und sich auf ihn konzentrierte, bevor er sie anlächelte. „Wach auf, wach auf, Angelina. Ich habe gute Nachrichten für dich."

## KAPITEL ACHTZEHN

Sunday fuhr mit den Händen über Rivers Körper, als sie am nächsten Morgen zusammen duschten. Er grinste sie an, Wasser tropfte aus seinen dunklen Locken, Wassertröpfchen von seinen langen, dichten Wimpern. Sunday küsste ihn. „Ich liebe dich." Ihre Worte waren einfach, aber sie meinte sie von ganzem Herzen.

Es war seltsam. Trotz der Bedrohung ihrer Sicherheit herrschte bei diesem Mann Frieden in ihrem Herzen. Sie gehörte wirklich hierher, zu ihm und nichts würde das brechen.

River brachte sie näher heran. „Hör zu ... wir haben darüber gesprochen, wegzugehen. Warum gehen wir nicht einfach? Bevor Berry wieder in die Schule geht, vor dem Sommer und bevor jeder seinen Urlaub macht?"

Sie lehnte sich in seinen festen, muskulösen Körper. „Lasst es uns tun."

„Italien?"

Sie liebte die Hoffnung und die Erregung in seinen Augen.

„Ich würde das so sehr lieben, Baby. Ich will sehen, wo du zuhause bist."

So flogen die drei nach einigen Tagen der Organisation nach Italien. Rivers Villa befand sich etwas außerhalb von Siena und sie fuhren durch die Hügel, Berry war begeistert von den Reihen der Zypressen und den abgelegenen, rustikalen Villen. River fuhr einen kleinen Hügel hinauf zu seiner eigenen Villa und als er auf Sunday blickte, um ihre Reaktion zu sehen, sah er, dass ihre Augen voller Tränen waren. Sie lächelte ihn an. „Es ist so schön, Liebling."

Er folgte Sunday und Berry, als sie die Villa, ihre weiß gestrichenen Räume, kühlen Fliesenböden und bequemen Möbel erkundeten. „Ich habe jemanden, der sich für mich um das Haus kümmert, und einen Gärtner, aber ich komme gerne hierher und bin einfach allein. Jetzt habe ich eine Familie hier." Er lächelte Sunday zu und ging los, um die Fensterläden an den Fenstern des Hauptraums zu öffnen, einem großen, offenen Wohnraum, der sich auf der einen Seite auf eine Veranda mit Blick auf das Tal öffnete.

Berry rief vor Aufregung beim Anblick des Pools aus. „Hey, sollen wir uns alle umziehen und schwimmen? Ich könnte eine Abkühlung gebrauchen", fragte River seine Tochter, die eifrig nickte. Er blickte Sunday fragend an, die grinste.

„Auf geht's."

RIVER UND BERRY WAREN VOR SUNDAY IM POOL UND ALS sie schließlich auftauchte, sah sie die Bewunderung in Rivers Augen, als sie zum Pool hinunterging, ihre bereits karamellisierte Haut glühte im weißen Bikini.

„Wow", sagte River und Sunday grinste über seine offensichtliche Lust. Sie trat ins Wasser und schwamm zu ihm hinüber. Berry saß in einem aufblasbaren Ring, sang für sich selbst und Sunday kicherte schelmisch, als sie heimlich Rivers Schwanz durch seine Badeshorts bedeckte.

Er stöhnte, als sein Schwanz sofort reagierte und Sunday schwamm von ihm weg und kicherte. „Dafür wirst du später bezahlen, Fräulein."

Sie spielten mit Berry im Pool, Sunday und sie gegen River, bis er sich beschwerte und lachte. Später kochten Sunday und River eine einfache Mahlzeit aus gebratenem Hühnchen und sie alle saßen auf der Veranda, als sich die Abenddämmerung über dem Tal niederließ.

Nachdem Sunday eine schlafende Berry ins Bett gelegt hatte, kam sie zurück zu um River, der eine Flasche Wein für sie öffnete. Er bot ihr seine Hand an und sie nahm sie, setzte sich auf seinen Schoß und er zog sie enger an sich heran. Sie saßen eine Weile in geselliger Stille und Sunday sah ihn auf die Landschaft blicken, die Augen leicht zugekniffen, und wusste, was er testete.

„Baby?"

Er seufzte und nickte. „Ja. Die Farben sind anders als die, an die ich mich erinnere. Es ist, als hätte ich Wasser auf die Farbe geschüttet und die Farbsättigung ist verblasst. Verdammt noch mal."

Sunday bedeckte seine Augen mit ihrer Hand. „Schließ sie", befahl sie und er gehorchte. „Nun, River Giotto, weißt du, wie, sagen wir, Waldgrün aussieht. Betrachte es vor deinem inneren Auge."

Sie wartete, bis er nickte. „Jetzt öffne deine Augen und schau dir die Zypresse am Rande deines Grundstücks an. Sieh es mit dem Farbton, den du vor deinem inneren Auge sehen kannst. Sieh es dir an."

River konzentrierte sich und sie konnte sehen, dass er zu kämpfen hatte. „Baby, denk daran, wie du zum ersten Mal gelernt hast zu zeichnen. Sieh es nicht so an, wie es dir beigebracht wurde, dass es aussieht, aber wie deine Fantasie es sieht. Licht und Schatten. Sieh den Farbton."

Sie beobachtete, wie seine leuchtend grünen Augen etwas anvisierten und wieder abließen, als er versuchte, es auf ihre Art zu sehen. „Glück gehabt?"

Da war ein schwaches Lächeln auf seinem Gesicht. „Fast. Und ich verstehe, worauf du hinauswillst. Es braucht Übung."

„Alles, was sich lohnt, wird getan. Das ist die Realität: Für deinen Zustand, gibt es keine Heilung. Also müssen wir lernen, die Welt anders zu sehen. Deine Kunst wird sich entwickeln, vielleicht nicht so, wie du es vorhergesehen hast, aber sie wird sich entwickeln. Es ist ein Teil von dir."

River sah sie mit seinen intensiven Augen an und er drückte seine Lippen gegen ihre, während sie zu Ende sprach. „Wir", sagte er mit Gefühl, „du hast gesagt, dass wir die Welt anders sehen müssen. Gott, Sunday Kemp, hast du eine Ahnung, wie sehr ich dich liebe?"

Sie klammerte sich an ihn. „Zeig es mir."

Er senkte sie auf die kühlen Fliesen der Veranda und

bedeckte ihren Körper mit seinem. Er streichelte das Haar von ihrem Gesicht weg. „Du siehst in einem toskanischen Sonnenuntergang noch schöner aus."

Sunday grinste ihn an. „Wenn das jemand anderes gesagt hätte, wäre es kitschig gewesen, aber du bist einfach süß."

River lachte. „Gut." Er küsste ihre Lippen, dann folgte er seinen Lippen entlang ihrer Kieferlinie und ihrer Kehle, als er ihr Kleid aufknöpfte. Sie hatte sich gegen das Tragen eines BHs in der Hitze des toskanischen Sommers entschieden und River saugte an ihren Brustwarzen, bis sie steinhart waren und Sunday eine drängende feuchte Hitze zwischen ihren Beinen spürte.

„Ich will dich in mir", flüsterte sie und er lächelte sie an.

„Du willst mich in dir haben?"

„Ja ..."

Er griff in seine Hintertasche, aber sie schüttelte den Kopf. „Nein."

Seine Augenbrauen schossen nach oben. „Bist du sicher?"

„Ich will dich in mir spüren." Sie betrachtete seine Augen. „Macht es dir Angst?"

Rivers Lächeln beantwortete ihre Frage. „Nein. Überhaupt nicht ... Ich habe darüber nachgedacht, seit Berry dir die Frage gestellt hat."

„Ich weiß, es ist schnell, aber ich fühle mich, als ob ... mein Körper sich danach sehnt, dein Kind zu gebären. Ich habe noch nie so empfunden, dass es richtig ist, dass es Zeit ist."

Sie brauchte nichts weiter zu sagen. Rivers Lippen waren rau gegen ihre, als er seine Jeans und Unterwäsche auszog, und als er sie zu sich zog und ihre Beine um seine Taille legte, nickte er. „Ich will das auch, Baby, so, so sehr."

Sein Schwanz war steinhart, als sie ihm half, ihn in sich einzuführen und er drückte langsam in sie hinein und wollte sich an diesen Moment erinnern, endlich, Haut an Haut, als sie anfingen, Liebe zu machen.

Ihre Blicke schweiften nie ab, ihre Atmung synchronisierte sich, als Rivers Schwanz immer tiefer in sie hineinstieß. Sundays Oberschenkel fesselten seine Taille und sie drückte ihre vaginalen Muskeln härter um seinen Schwanz und ließ ihn stöhnen.

Seine Hände klemmten ihre an die Fliesen, als sein Tempo zunahm. Als sie kam, weinte sie fast vor Vergnügen und sein Körper besaß ihren gänzlich. Sie fühlte, wie sein Schwanz dickes, cremiges Sperma tief in sie hineinpumpte, als er sein Gesicht an ihrem Hals vergrub und ihren Namen immer wieder murmelte.

Danach lagen sie sich in den Armen, eine leichte Brise wehte über ihre feuchten Körper. Rivers Hand spreizte sich auf ihrem Bauch, seine Lippen an ihrer Schulter. Sunday blickte über das Tal hinaus. „Es ist unglaublich perfekt hier." Sie grinste ihn an. „Lass uns einfach hier bleiben."

„Kein Ding", lachte er, dann seufzte er. „Aber im Ernst, so sehr ich es auch hier liebe, wir müssen zurückgehen. Luke ist da, Carmen und Berry muss zur Schule."

„Ich weiß, es ist ein Traum." Sie seufzte. „Und ich muss mich immer noch dem stellen, der mich verfolgt."

„Ich gebe es ungern zu, aber ja. Wir können das nicht über unseren Köpfen schweben lassen, besonders nicht mit Berry."

Sunday kaute auf ihrer Lippe. „Weißt du, wenn es darauf ankommt ... würde ich dich und Berry nie in Gefahr bringen. Das könnte ich nicht ertragen. Was auch immer das ist, es geht um mich und den Verrückten, der Cory getötet hat. Es ist mein Kampf."

„*Unser* Kampf. 'Wir', denk dran. Immer '*Wir*'."

Sie küsste ihn. „Lass uns einfach diesen Urlaub genießen."

SIE TRUGEN IHRE KLEIDUNG UND GINGEN HAND IN Hand zu ihrem Schlafzimmer, wo sie sich wieder liebten und dann einschliefen, eingehüllt in die Arme des anderen.

Um 3:00 Uhr morgens, im blauen Mondlicht des frühen Morgens, rutschte River aus dem Bett und zog seine Jeans an. Er schlich durch das stille Haus, wobei er nach seiner schlafenden Tochter schaute.

Er trat in die kühle Nacht hinaus und holte einen tiefen Atemzug Luft. Eine Bewegung fiel ihm aus dem Augenwinkel auf und er sah zu, wie sich ihm der dunkel gekleidete Mann näherte.

Der FBI-Agent Sam Duarte nickte River zu. „Mister Giotto."

River lächelte schwach. „Sam, nenn mich River, ja? Du bist hier, um meine Familie zu beschützen. Ich denke, es ist richtig, dass wir uns gegenseitig mit Vornamen kennen."

Sam lächelte, aber dann verblasste es. „Weiß sie es?"

River schüttelte den Kopf. „Nein. Sie denkt, dass wir allein hier sind, und ich will, dass es so bleibt. Diese zwei Wochen lang, das ist alles, worum ich bitte. Sunday ist zu lange von diesem Arschloch beobachtet worden, und, verzeih mir, von dir. Ich will, dass sie denkt, dass sie frei ist." Er seufzte. „Gibt es Neuigkeiten aus Rockford?"

„Wir haben uns mit Scanlan und Merchant beschäftigt.

Scanlan ist eine ziemlich große Sache in New York – es wäre schwer für ihn, angesichts seiner Sichtbarkeit, diese Art von Kampagne zu organisieren, ohne dass es ein schwaches Glied in seiner Rüstung gibt, jemanden, der ihn verraten würde. Marchand ... er mag wie ein Surfertyp aussehen, aber er verheimlicht etwas. Er ist reich ... und wir sprechen von reich genug, um Bill Gates dreimal zu kaufen."

„Tony?" River war verblüfft. „Ich nehme an, dass es sich um Familiengeld handelt?"

„Zum Teil, aber vor allem ist er ein selbstgemachter Mann. Ebenso älter, als er aussieht, und hier ist der Kick. Er sagt, er kommt aus dem pazifischen Nordwesten? Er wurde dort geboren, aber rate mal, wo er in den letzten fünf Jahren war?"

„In New York", sagte River, sein Herz rutschte eine Etage tiefer. Sam nickte.

„Richtig ... und da ist noch mehr. Seine Wohnung? Drei Blocks von Marleys – 'tschuldigung, Sundays."

„Scheiße. Irgendetwas, das ihn an sie bindet?"

„Nichts, was wir bis jetzt gefunden hätten. Er ist immer noch in Rockford und trifft sich immer noch mit dem süßen Mädchen aus dem Kaffeehaus."

„Gott, Daisy ... Sam ..."

„Es ist alles in Ordnung. Wir haben Leute, die auf das

Mädchen aufpassen. Ihre Schwester ist jedoch eine tickende Zeitbombe. Seit ein paar Tagen hat sie niemand mehr gesehen."

„Scheiße. Aber ich muss dir sagen, Aria macht das. Sie spielt gerne Psychospielchen, besonders wenn sie denkt, dass sie keine Aufmerksamkeit bekommt."

„Zur Kenntnis genommen. Dein Ex-Stiefmonster ist immer noch mit ihrem Partner in der Stadt, aber es gibt ein Gerücht, dass die Verlobung abgesagt ist."

River runzelte die Stirn. „Warum sind sie dann noch in der Stadt?"

„Scanlan ist offenbar in Gesprächen, um das Resort zu kaufen. Scheint, als würde ihm der Ort gefallen."

River schüttelte den Kopf. „Er wurde verarscht. Du sagst, er hat die Dinge mit Angelina beendet?"

„Anscheinend. Schau, wir haben uns den Kerl angesehen und er wirkt sauber. Bist du sicher, dass sie die einzigen beiden Neuankömmlinge in der Stadt sind?"

„Soweit ich weiß. Daisy sagte, sie würde sich umhören und herausfinden, ob es noch andere gibt, aber es ist eine Ferienstadt. Die Saison ist zu Ende, aber wir haben immer noch viele Wanderer und Kletterer. Es wird unmöglich sein, alle zu überprüfen."

„Informier uns einfach über jeden, mit dem Sunday in Kontakt kommt oder der sich misstrauisch verhält."

„Werde ich ... und danke, Sam. Ich kann dir nicht genug danken."

Sam nickte. „Kümmere dich einfach um sie und mach dir keine Sorgen. Hier bist du sicher."

River ging wieder hinein und ins Schlafzimmer. Er zog seine Jeans aus und rutschte zurück ins Bett. Sunday murmelte und kuschelte sich an ihn heran. River küsste sie auf den Kopf, konnte aber nicht mehr einschlafen, seine Träume waren in letzter Zeit von schrecklichen Alpträumen erfüllt. Der Gedanke, dass jemand Sunday verletzt, sie ihm wegnimmt, war ein schlimmerer Schmerz gewesen als Angelinas Misshandlung von ihm und er wusste, dass er seit seinem Treffen mit Sunday ein anderer Mensch geworden war. Ein Mann, von dem er hoffte, dass seine geliebten Eltern stolz auf ihn gewesen wären. Er wusste jetzt, dass er, da er mit Sunday zusammen war und sie Eltern seiner Tochter waren, sein wahres Zuhause gefunden hatte. Als Sunday gefragt hatte, ob sie hier leben könnten, lag es ihm auf der Zunge, ja zu sagen, aber er wusste, dass sie nach Colorado zurückkehren mussten, um sich ihrem Stalker zu stellen und ihn zu besiegen.

Er konnte nicht damit leben, zu wissen, dass man sie ihm jeden Moment wegnehmen könnte. Das war inakzeptabel. Also hatte er Sam Duarte angerufen und zwischen ihnen hatten sie einen Plan ausgearbeitet, damit Sunday und Berry gesund und glücklich blieben.

Vorerst müsste ihn das befriedigen, aber er wusste ohne Zweifel, dass er alles tun würde – *alles* – um die Frau zu schützen, die er liebte, auch wenn es bedeutete, eine andere Person zu töten.

## KAPITEL NEUNZEHN

Sunday wusste, dass die letzten zwei Wochen in der Schönheit der Toskana eine Zeit sein würden, die sie nie, *nie* vergessen würde. In jeder Hinsicht war es perfekt gewesen und jetzt, da sie wieder in Colorado waren, spürte sie eine neue Kraft in sich. Das war ihr Zuhause, das war ihre Familie und sie würde bis zu ihrem letzten Atemzug kämpfen, um sie zu behalten.

Eine Woche nach ihrer Rückkehr hatte Berry in ihrer neue Schule angefangen und liebte sie. River arbeitete wieder in seinem Atelier und Sunday setzte ihre Arbeit an Ludos Tagebüchern fort. Als sie eines Morgens arbeitete, hörte sie Carmen sie und River rufen.

„Ihr habt Besuch", sagte sie leise. „Es ist der Mann, der mit Angelina kam. Er sagt, er will mit euch beiden reden. Ich kann ihn bitten zu gehen, wenn du willst."

River schüttelte den Kopf. „Nein, ich will hören, was er zu sagen hat."

Brian Scanlan schüttelte beide Hände. „Mister Giotto, Miss Kemp, danke, dass Sie mich empfangen."

„Was können wir für Sie tun, Mister Scanlan?" Rivers Stimme war ausgeglichen, aber Sunday konnte spüren, wie die Spannung von ihm abfiel.

„Ich wollte zu Ihnen kommen, um Ihnen zu sagen, dass es mir sehr leid tut, Angelina hierhergebracht zu haben. Ich hatte keine Ahnung von Ihrer gemeinsamen Vergangenheit und ich wollte auch, dass Sie wissen, dass ich unsere Verlobung aufgelöst habe."

„Was Sie mit Ihrem Leben machen, geht uns nichts an, Mister Scanlan."

„Brian, bitte. Und alles, was ich sage, ist, dass ihr euch keine Sorgen machen müsst, dass sie in der Stadt sein wird. Ich habe sie gestern Abend persönlich zum Flughafen gebracht. Es ist nur so, dass ich selbst für eine absehbare Zeit in der Stadt sein werde." Er lächelte. „Ich kann einer Geschäftsmöglichkeit nicht widerstehen und der Resort hier ist bemerkenswert, aber unterlaufen. Ich hoffe, ich kann ihn wieder aufbauen."

Sunday beobachtete ihn. „Herr Scanlan, darf ich Ihnen eine Frage stellen?"

„Natürlich."

„Es ist nur so ... Ich war ein paar Jahre lang investigative Journalistin in New York und doch habe ich noch nie von Ihnen gehört. Wie kommt das zustande?"

Brian Scanlan lächelte. „Du hast wahrscheinlich von meinem Vater Dimitri Lascus gehört. Lascus Eigentum?"

Sunday war überrascht. „Natürlich ... Ich habe ihn ein paar Mal getroffen. Er ist Ihr Vater?"

Brian nickte. „Du wunderst dich über den Namen? Die Wahrheit ist, dass ich unehelich geboren wurde und ich meinen Vater bis vor ein paar Jahren noch nicht kennengelernt hatte. Er nahm mich unter seine Fittiche und ich arbeitete anonym für ihn, undercover, so dass ich nicht so behandelt würde, als hätte ich meine Position nur durch Vetternwirtschaft erlangt. Es war meine Idee und ich glaube, er respektierte mich dafür mehr. Vor einem Jahr kehrte er zurück und übergab mir sein Geschäft unter einer Bedingung. Ich benenne das Unternehmen in meinem Namen um. Er hatte das Gefühl, dass ich es mir verdient hatte."

Sunday nickte, leicht verblüfft über seine Ehrlichkeit. Sie schaute auf River und sah, dass er weniger beeindruckt von ihrem Besucher war.

„Also haben Sie die Dinge mit Angelina beendet?"

„Das habe ich. Ich kann nicht glauben, dass sie mich reingelegt hat." Er schüttelte den Kopf. „Vielleicht war ich zu sehr auf das Geschäft fokussiert und von ihrer Schönheit verzaubert." Seine blauen Augen waren ernst, als er River ansah. „Ich wollte nur nicht durch Assoziationen verunreinigt werden, das ist alles. Wenn der Deal im Skigebiet zustande kommt, dann werde ich einige Zeit hier bleiben und ich wollte nicht auf einer schlechten Basis anfangen."

„Gut." River stand auf und bot Scanlan seine Hand an. „Sie haben die richtige Entscheidung getroffen, sowohl für sich selbst als auch für uns. Sie ist ein bösartiges, seelensaugendes Abbild eines Menschen."

Scanlan lächelte halb. „Ich schätze, das ist so ziemlich die schlechteste Referenz, die eine Person haben kann. Ich wünschte, ich hätte es am Anfang gewusst." Er sah Sunday an und lächelte ihr zu. „Wir können nicht alle Ihr Glück haben, Mister Giotto."

NACHDEM ER WEG WAR, WARTETE SUNDAY DARAUF, DASS River etwas sagte, aber er schien besorgt zu sein. Sie ging zu ihm und er legte seine Arme um sie. Nach einiger Zeit murmelte er etwas in ihr Haar.

„Es tut mir leid, Baby, ich habe das nicht verstanden."

Er ließ sie los und sah auf sie herab, seine Augen waren unruhig. „Die Tagebücher meines Vaters ... Ich weiß, was du Angelina erzählt hast, aber ..."

„Ich habe sie angelogen. Ich habe nichts gelesen, was darauf hindeuten würde, dass er von dem Missbrauch wusste. Tatsächlich spricht er selten über sie. Er spricht über deine Mutter, über dich und Luke. Er mochte Luke sehr."

Rivers Schultern entspannen sich. „Das hat er. Weißt du was? Ich fühle mich, als hätten Luke und ich uns auseinander gelebt und vieles davon hatte mit meiner Sehkraft zu tun. Er denkt, ich gebe ihm die Schuld, weil er nichts tun kann. Das tue ich nicht."

„Sag ihm das", sagte Sunday und war froh über den Themenwechsel. „Wir sollten ihn dazu bringen, zum Abendessen vorbeizukommen. Daisy auch", fügte sie hinzu und River grinste.

„Kuppelst du etwa? Denn das Letzte, was ich hörte, war, dass Daisy mit deinem Surferfreund zusammen ist."

Sie runzelte ihre Nase. „Etwas an diesem Kerl ..."

„Ich bin überrascht. Du schienst ihn sehr zu mögen, als ihr euch das erste Mal getroffen habt."

„Ha, ha, ha, eifersüchtiger Junge." Sie lachten beide, aber Sunday zuckte mit den Schultern. „Ich schätze, unter Berücksichtigung aller Dinge vertraue ich ihm einfach nicht. Er mag gut sein, so unschuldig wie der Tag lang ist, aber er ist ein Fremder in der Stadt und er kam kurz vor der Notiz an."

„Genau wie Scanlan. Was hältst du von ihm?"

Sunday überlegte. „Offensichtlich gibt es Punkte gegen ihn, weil er überhaupt mit der Schlampe zusammen war, und ja, ich denke, es ist ein wenig seltsam, dass er plötzlich daran interessiert ist, das Skigebiet zu kaufen, aber ich bin kein Bauherr. Er wirkte vorhin authentisch."

„Das dachte ich auch, außer ..."

„Außer?"

River schüttelte den Kopf. „Ich weiß nicht. Da ist einfach etwas ..." Er seufzte. „Es ist wahrscheinlich nur die Tatsache, dass er mit ihr zusammen war. Mein Kopf funktioniert einfach nicht vernünftigen, wenn es um Angelina Marshall geht."

„Baby, das ist verständlich." Sie umarmte ihn. „Wie auch immer, lass uns das Thema wechseln. Wir haben genug über Brian Scanlan und diese Frau gesprochen."

Brian warf seine Jacke über den Stuhl und ignorierte Angelina. Sie rauchte, ihr Mittagessen lag ungegessen auf dem Tisch. „Hast du sie gesehen?"

„Das habe ich. Sie denken, du bist wieder in New York."

„Das könnte ich auch, anstatt hier in diesem verdammten Motelzimmer festzusitzen. Du hättest mir ein anständiges Hotel buchen können."

„Wo man dich erkennen könnte? Hier ist es bloß Bargeld und sie lassen einen in Ruhe."

Angelina machte ein angewidertes Geräusch und Brian konnte es ihr nicht wirklich verübeln. Das Motelzimmer war ekelhaft, die Tagesdecke wahrscheinlich mit Bakterien übersät. Aber es war der einzige Weg, sie in der Nähe zu haben und unsichtbar zu machen. Er hatte nicht die Absicht, sie nach New York zurückkehren zu lassen; sie war dafür zu unberechenbar. Außerdem, während er das Versprechen von River über ihr baumelte, würde sie tun, was er wollte.

„So", sagte sie jetzt und drückte ihre Zigarette aus. „Hechelst du immer noch dieser kleinen Hure hinterher? Was wird deiner Meinung nach passieren? Warum um alles in der Welt sollte jemand River Giotto für dich verlassen?"

Brian lächelte und stieg nicht auf den Köder an. „Wirklich, Angelina, was lässt dich denken, dass ich ihr in dieser Angelegenheit eine Wahl lassen werde?"

Er traf ihren Blick und war erfreut, ihr Zittern zu sehen. Ja, sie hat es verstanden. Er war derjenige mit der ganzen Macht hier. Ein Mangel an Gewissen würde das tun.

„Und was wirst du mit ihr machen, wenn sie gegen dich kämpft?" Angelina sah hoffnungsvoll aus und Scanlan beschloss, ihr einen Knochen zuzuwerfen.

„Sunday wird lernen, zu tun, was ich will, wann ich will, wie ich will, oder ihr Leben wird auf die schmerzhafteste Weise beendet, die du dir vorstellen kannst. Langsam. Intim."

Das lockte Angelina. Sie lächelte, katzenartig und schlenderte zu ihm hinüber. „Sag es mir", sagte sie heiser und rieb ihre Leiste an ihm. „Beschreibe, wie du sie töten wirst."

Brian lächelte und für die nächsten Minuten beschrieb er den Tod, den er für Sunday geplant hatte und fickte Angelina, kalt, klinisch. Nicht, dass es ihr etwas ausmachte. Sie war zu sehr von seinem Blutrausch angetörnt.

„Sag es mir", sagte sie danach, als sie sich selbst in Ordnung brachten, „warum sie? Wann hast du sie gesehen? Wann hast du entschieden, dass du sie willst?"

Brian rollte mit den Augen. „Bist du wirklich interessiert? Warum? Wann hast du entschieden, dass du River Giotto vergewaltigen und missbrauchen würdest?"

„An meinem Hochzeitstag", sie lächelte böse. „Er war – er ist – so schön. Wer würde ihn nicht wollen? Diese Augen, diese dunklen Wimpern, dieser Körper. Seinen Mund. Gott, als ich ihn das erste Mal dazu brachte, mich zu lecken ..."

„Brachte." Brian sah angewidert aus und Angelina lachte.

„Du hast den Mut, mich zu verurteilen, obwohl du gerade erst damit fertig bist, zu beschreiben, was du mit Sunday machen wirst?"

Er antwortete ihr nicht, sondern wartete und Angelina seufzte. „Also, komm schon. Warum Mar - Sunday? Warum sie?"

Für einen Moment zögerte er. Wollte er wirklich von dem ersten Anblick von Sunday erzählen, Marley, wie sie damals war? Das Mal in der Universitätsbibliothek?

Er war dorthin gegangen, um jemanden zu finden, den er töten konnte. Ein weiteres Mädchen zu töten. Das war sein Ding und sein Vater hatte es gewusst und unterstützte es. „Sorg dafür, dass du nie entdeckt wirst."

Das war der wahre Grund, warum sein Vater ihm seinen Namen nicht geben wollte. Aber Brian wurde nie gefasst. Er hat seine Opfer nie vergewaltigt; das war nicht das, was er von ihnen wollte. Er wollte nur sehen, wie sie bluteten.

Aber als er Sunday gesehen hatte, wusste er, dass er mehr wollte. Er wollte ihre Haut neben seiner, um ihren Mund in einem ekstatischen Keuchen zu sehen, während er mit ihr Liebe machte; er wollte, dass sie sich in allem seinem Willen beugt. Er wollte sie besitzen.

Tatsache war, dass sie nur wenige Tage, nachdem er sie zum ersten Mal gesehen hatte, ihren Abschluss gemacht hatte und dann verschwunden war. Damals hatte er nicht die Mittel gehabt, sie zu finden und wollte seinen Vater nicht um Hilfe bitten. Sein Vater, der noch verrückter als er war, hätte wissen wollen, warum er das Mädchen nicht einfach getötet hatte. Er hätte Brians Bedürfnis, sie zu besitzen, nicht verstanden.

So war er zu seinen alten Wegen zurückgekehrt, bis sie eines Tages als Reporterin in einer Fernsehsendung aufgetreten war. Dann hatte es begonnen. Sie war schnell zur Moderatorin befördert worden und dann hatte seine Kampagne begonnen. Blumen ins Atelier. Ihr nach Hause folgen. Auf kleine, aber feine Weise in ihr Leben einzugreifen. An dem Tag, als er sie mit diesem Idioten Cory gesehen hatte ... Gott, seine Wut war verzehrend gewesen. Er war nach Hause in seine Wohnung gegangen und hatte sich nicht einmal die Mühe gemacht, das Licht einzuschalten. Die Nachbarn hatten sich über den Lärm beschwert, der aus seiner Wohnung kam. Scheiß auf sie. Es bedurfte seiner ganzen Kontrolle, um sie nicht zu töten.

Später, als er an sein Geld gekommen war, hatte er es benutzt, um ihr ganzes Leben im Auge zu behalten. Er ließ Leute in ihre Wohnung einbrechen und stellte überall Kameras auf. Es gab keinen Ort, an dem sie vor ihm sicher war. Er hatte jemanden angeheuert, um sich für einen Job als Runner bei der Nachrichtenstation zu bewerben, damit er sie in jeder Bewegung kennen würde. Der Runner war derjenige gewesen, der ihm gesagt hatte, wann und wo sie in dieser Nacht sein würde, in der er seinen Mann geschickt hatte, um Cory zu töten.

Als der Mann ihn angerufen hatte, um ihm zu sagen, dass er auch Sunday angeschossen hatte, hatte Brian in das Telefon geheult. Er hatte sich ins Krankenhaus geschlichen und wusste, dass, wenn sie starb, es das gewesen war. Er hätte keinen Grund zu leben.

Er erinnerte sich noch an die Nacht, als er es geschafft hatte, in ihr Zimmer zu kommen und der Nachtschwester zu sagen, dass er ihr Cousin war. Als er zum ersten Mal ihre Hand berührte, streichelte er ihr Gesicht, während sie schlief. Sie war fast gestorben, das hatten sie ihm gesagt, aber sie hielt durch. Er hatte eine halbe Stunde mit ihr verbracht, bevor er Stimmen im Flur gehört und die Flucht ergriffen hatte, aber es war genug gewesen, um zu wissen, dass sie leben würde.

Im Laufe des nächsten Jahres hatte er abgewartet und beobachtet, wie sie sich erholte. Er war nicht überrascht gewesen, dass sie während ihrer Zeit zu Hause misstrauisch, paranoid geworden war, und als sie seine

Kameras gefunden hatte, hatte er den Verlust des ungehinderten Blicks auf ihr Leben beklagt. Sie war neun Monate nach der Schießerei wieder an die Arbeit gegangen und er hatte wieder gedacht, dass er alle Zeit der Welt hätte.

Bis Marley Locke für immer verschwunden war. Es verfolgte ihn immer noch, dass der einzige Grund, warum er sie gefunden hatte, eine zufällige Begegnung mit Angelina Marshall war. Für Brian war es nur ein weiteres Zeichen, dass er und Sunday zusammen sein würden. Zusammen sein sollten.

Und bald würden sie als Mann und Frau auf seiner Insel in der Karibik zusammenleben. Sie würde seine Kinder gebären und ihn und sie lieben wie keine andere Frau. Sie würde ihm ganz und gar gehören und ihm ihren Körper, ihre Seele, ihr Herz geben. Sie würde nie wieder River Giotto oder seine Tochter oder einen anderen Mann erwähnen. Sie würde nur ihm gehören und er würde entscheiden, ob sie jeden Tag aufwachte, ob sie ein- und ausatmete und wie lange.

Und wenn sie anderer Meinung war, würde er sie die Qualen der Verdammten erleiden lassen, bevor er sie tötete.

## KAPITEL ZWANZIG

Für ein paar Wochen konnte Sunday fast vergessen, dass ihr Stalker sie gefunden hatte. Nichts schien fehl am Platz oder bedrohlich zu sein und stattdessen nahm ihr Glück jeden Tag zu, als sie, River und Berry als Familie einander näher kamen.

Sie und River waren auch begeistert, dass sie die Entscheidung getroffen hatten, ein Kind zu bekommen, aber bis jetzt war sie noch nicht schwanger geworden. Sie war nicht besorgt; sie hatten alle Zeit der Welt und ihr Liebesspiel wurde jedes Mal besser, da sie lernten, was der andere gerne tat und gerne hatte.

Sie wurde auch immer enger mit Daisy und Luke, da sie ihre Freunde einluden, mit ihnen zu kochen. Daisys Beziehung zu Tony hatte sich in Freundschaft verwandelt, sagte sie ihnen, aber das war in Ordnung. Sunday bemerkte Daisys rote Augen bei einer Gelegenheit und fragte sie danach, aber Daisy sagte ihr, dass es nicht Tony war, der sie aufgewühlt hatte, sondern Aria.

„Wir leben uns auseinander", sagte Daisy zu ihr, „und ich weiß nicht warum. Es hat nichts damit zu tun, dass du und ich Freunde sind, da bin ich sicher, aber sie will nicht mit mir reden, nicht über etwas, das wichtig ist."

„Es tut mir so leid, Daisy." Sunday umarmte ihre Freundin und wünschte sich, sie könnte für sie mit Aria sprechen, wollte sich aber nicht einmischen.

Durch Zufall bekam sie die Gelegenheit später in der gleichen Woche. Sie und Carmen waren zu einem Lebensmittelgeschäft in Telluride gefahren und als sich Sunday dem Brotgang näherte, sah sie Aria, die ziellos auf das Brot im Angebot starrte. Sie berührte ihren Arm sanft. „Aria?"

Aria drehte sich um, blinzelte und schenkte ihr ein halbes Lächeln – was an sich schon ungewöhnlich war. „Sunday. Hey."

„Bist du okay?"

Aria blickte sie für einen langen Moment an und schüttelte dann den Kopf. „Nein. Das bin ich nicht. Das bin ich nicht."

Und zu Sundays Erstaunen begann Aria zu weinen.

Sunday legte ihre Arme um die andere Frau und hielt sie fest und fühlte, wie Aria sie zurück umarmte. Sie ließ Aria sich ausweinen, bevor sie ihr ein Taschentuch anbot.

„Danke", Aria wischte sich die Augen und schnäuzte sich die Nase. „Es tut mir leid ... Ich wollte das nicht tun. Es ist nur ... Sunday, ich kann nicht mit Daisy darüber reden. Es würde sie umbringen."

„Was ist los, Süße?" Das war eine Sache, von der Sunday nie gedacht hätte, dass sie Aria Fielding nennen würde.

Aria schüttelte den Kopf. „Ich habe es vor ein paar Tagen erfahren ... Ich bin krank. Es ist so lächerlich, dass ich mich bis vor ein paar Wochen gut gefühlt habe und jetzt ..." Sie schaute Sunday an. „Stufe IV." Sie sagte es einfach und Sunday fühlte einen Schock.

„Oh nein. Oh, Aria, es tut mir so leid. So, so leid."

„Danke. Ich verdiene das nicht von dir; ich war nicht die freundlichste zu dir."

„Es ist nie zu spät." Sunday verfluchte sich selbst, sobald die Worte herauskamen. „Ich meine ..."

Aria lächelte. „Es ist okay, ich weiß, was du meinst. Und du hast Recht. Es ist noch nicht zu spät."

Sunday nahm ihre Hand. „Aber ich denke, du musst es Daisy sagen. Der Schock für sie ... es ist besser, es zu wissen. Ich weiß, wie es ist, jemanden in einem Augenblick zu verlieren."

Aria nickte. „Ich weiß, die Neuigkeiten verbreiten sich hier schnell. Ich habe dich gegoogelt. Marley Locke. Sunday passt besser zu dir."

Sunday kicherte. „Ich fühle mich mehr wie Sunday, seltsamerweise. Dieses Leben erscheint mir so fern. Schau, ich werde für dich und Daisy da sein. Was immer du brauchst, wann immer ihr braucht."

„Danke, Sunday. Ich weiß das zu schätzen. Sehr gerne."

Sunday ließ sie mit dem Versprechen zurück, sie später anzurufen und vereinbarte, dass sie zusammen zu Daisy gehen würde. Carmen wartete auf sie und sie lächelte. „Du und River seid euch manchmal so ähnlich. Ihr beide sammelt Streuner."

„Ich war einer dieser Streuner", sagte Sunday mit einem Lächeln. „So wird bewiesen, dass Familien gemacht werden, nicht geboren."

„Amen dazu."

Als sie aus dem Laden gingen, blickte Sunday über die Straße. Sie sah Brian Scanlan vor einem Café sitzen. Er musste ihren Blick gespürt haben, da er aufblickte und seinen Becher zu ihr hob. Sunday schenkte ihm ein halbes Lächeln. Sie mochte den

Mann nicht besonders und hoffte, dass er nicht vorbeikommen würde.

„Lass uns fahren, Carmen." Sie blickte von Scanlan weg und stieg in das Auto.

Carmen stieg ein, dann erstarrte sie. „Mist, ich habe die Zahnpasta vergessen. Gib mir eine Minute, Sunny."

Verdammt noch mal. Während Sunday wartete, sah sie, wie Scanlan aufstand und hinüberging. Sie rollte das Fenster hinunter, seufzte, dann zauberte sie ein Lächeln auf ihr Gesicht. „Hallo noch mal."

„Es ist immer ein Vergnügen, dich zu sehen, Miss Kemp."

„Irgendwelche Fortschritte im Skigebiet?"

Scanlan lächelte. „Die Papiere wurden heute Morgen unterschrieben."

„Herzlichen Glückwunsch."

„Danke." Er hielt die Hände an der Tür und lehnte sich näher heran. „Du musst irgendwann mal vorbeikommen. Ich kann dir die persönliche Führung geben."

Die Haut auf der Rückseite ihres Halses kribbelte unangenehm. Sie war sich absolut sicher, dass River nicht in dieser Einladung miteinbezogen war. Da war etwas Ekelhaftes an Scanlan, erkannte sie, etwas, das ihren Magen vor Unwohlsein verkrampfen ließ. „Skifahren ist nicht wirklich mein Ding, aber danke."

„Es gibt neben dem Skifahren noch andere angenehme Freizeitaktivitäten. Ich könnte dir einige von ihnen zeigen."

Was er meinte, war jetzt absolut klar und Sunday sah mit Erleichterung, wie Carmen aus dem Laden auftauchte. Sie nickte Scanlan zu, der sich zurückzog. „Ein anderes Mal, Miss Locke."

Erst als sie auf halbem Weg zurück nach Rockford gefahren war, wurde Sunday klar, wie er sie genannt hatte.

SUNDAY WAR WÄHREND DES GANZEN ABENDESSENS RUHIG und später, als Berry schlief, ging River los, um seine Geliebte zu finden. Sie saß in ihrem Büro und las ein weiteres Tagebuch seines Vaters.

„Hey, hübsches Mädchen." Er setzte sich neben sie und legte seinen Arm um ihre Schultern. „Geht es dir gut? Du scheinst ein wenig neben der Spur zu sein."

Sunday lehnte ihren Kopf auf seine Schulter. „Ich denke nur an Dinge. Das Leben. Ich habe Aria heute gesehen."

„Hast du das? Seltsam, ich habe nichts von einem Zickenkrieg gehört."

„Ha ha." Sie kicherte und seufzte dann. „Wir haben tatsächlich gesprochen. Sie hat ein paar Sachen am Laufen und sie brauchte einen Freund."

„Wow."

„Ja."

Er küsste ihre Schläfe. „Du findest Freunde im ganzen Staat."

Sunday nickte, aber sie lächelte nicht. „Und ich habe Brian Scanlan gesehen. Ich denke, unsere ersten Eindrücke von ihm waren richtig. Er ist ein Widerling."

Rivers Augen verengten sich und er beobachtete sie. „Hat er dich angemacht?"

Sunday nickte und River musste den Schmerz der Eifersucht in sich unterdrücken. „Ich habe es schnell beendet. Ugh. Warum tun Männer das? Er weiß, dass wir zusammen sind, also warum um alles in der Welt würde er denken, dass ich so auf ihn reagieren würde?"

River würgte eine Antwort zurück. Es war nicht Sundays Schuld. „Nicht alle Männer, aber du bist eine schöne Frau. Ein Mistkerl versucht gerne sein Glück."

„Mistkerl passt. Als ob ich auf jeden stehen würde, der mit Ange-shit, Baby, ich meinte nicht ..."

River war aufgestanden und ging durch den Raum. Sunday stand auf und griff nach ihm, aber er trat von ihr zurück. Sundays Augen waren voller Tränen. „Ich meinte nicht ... du hast nicht mit ihr, River, sie hat dich missbraucht. Ich habe mich versprochen. Es tut mir leid, ich meinte nicht dich."

River holte tief Luft. „Aber ich war mit ihr zusammen. Wir hatten Sex."

„Nein. Vergewaltigung ist kein Sex, River. Es ist Gewalt, sexuelle Gewalt. Hast du jemals Geschlechtsverkehr mit ihr haben wollen?"

„Natürlich nicht."

„Nun, dann." Sie lachte zitternd. „Was ich meinte, war, dass Scanlan diese Spinne freiwillig gefickt hat. Bitte, River, schieb mich nicht weg; du musst wissen, dass ich das gemeint habe."

Für einen Moment hatte River das Bedürfnis, wegzulaufen. Er wollte sich nicht beschmutzt oder unwürdig für Sundays Liebe fühlen, aber er musste zugeben – es war immer in seinem Hinterkopf. Es gab einige Spuren, mit denen er sich noch nicht abgefunden hatte.

Schließlich konnte er es jedoch nicht ertragen, von Sunday getrennt zu sein. Er öffnete seine Arme und sie stürzte sich in sie, die Erleichterung war deutlich auf ihrem Gesicht. „Ich liebe dich", sagte sie, „Ich will dich und nur dich, für alle Zeiten. Du bist mein Grund zu leben, River."

Er drückte seine Lippen an ihre, ihre Worte eine Salbe für seinen verletzten Verstand, und er wusste, dass er, um vorwärts zu kommen, damit umgehen musste, wie er darüber dachte, was Angelina ihm angetan hatte.

Die Idee kam ihm in der Nacht und er weckte Sunday auf und entschuldigte sich. „Ich muss dich etwas fragen, bevor ich kneife."

Sie rieb sich schläfrig die Augen und setzte sich auf. „Was ist los, Baby?"

„Was du Angelina erzählt hast, darüber, dass du in Deckung gehst, um meine Geschichte zu erfahren – was wäre, wenn das die Wahrheit wäre? Was wäre, wenn du zu der Karriere zurückkehren würdest, die du aufgegeben hast? Journalismus. Hilf mir, meine Geschichte zu erzählen, Sunday. Die Verjährungsfrist für ihre Festnahme ist längst abgelaufen ... aber wir können sie trotzdem bloßstellen."

Sunday starrte ihn für einen langen Moment an, dann lächelte sie. „Alles klar, Baby. Lass uns Angelina Marshall zu Fall bringen."

## KAPITEL EINUNDZWANZIG

Keiner von ihnen ahnte, was es für sie beide bedeuten würde, die Schrecken von Angelinas Missbrauch wieder aufleben zu lassen und zu hören. Häufig schluchzte Sunday vor Wut, oder River hatte das Gefühl, dass er sich nicht dazu durchringen konnte, sich zu erinnern, aber zusammen haben sie es geschafft, das Schlimmste davon zu überstehen. Sunday arbeitete an der Geschichte und River war fassungslos und begeistert von ihrer Liebe zu ihrem Beruf und sah endlich, was sie aufgegeben hatte.

Er wiederum erhöhte seine Bemühungen, ihren Stalker zu finden und sie von seiner Bedrohung zu befreien. Es hatte einige Vorfälle gegeben, die ihnen Sorgen machten – stillschweigende Telefonanrufe, Kränze von toten Blumen, die vor den Toren des Anwesens zurückgelassen wurden.

„Es ist einfach so ... prosaisch", sagte Sunday nach einem der Vorfälle. „Es scheint ... die ganze Zeit in New York hat er nichts davon getan. Ich meine, er hat Blumen geschickt, aber keine toten und er hat mich nie, nie angerufen. Vielleicht ist er es nicht. Vielleicht ist es Angelina, die uns verarscht?"

„Sie wäre so erbärmlich", stimmte River zu, „und, ja, sie hat nicht die Fantasie, originell zu sein."

„Sie liest *das Spielbuch des Stalkers*", scherzte Sunday.

„War das der Film mit Jennifer Lawrence?"

Sunday kicherte. „Das ist das *Silver Linings Spielbuch*. Das, was Angelina benutzt, hat keinen silbernen Streifen. Jedenfalls nicht für *sie*." Sie gab dem grinsenden River ein High Five.

NEBEN DER RÜCKKEHR ZUM SCHREIBEN WAR DIE Freundschaft von Sunday und Aria eine Quelle großer Freude und Trauer. Sie unterstützte sowohl Aria als auch Daisy, als Aria die Nachricht von ihrem Krebs an ihre erschütterte Schwester überbrachte, und River sagte Aria, er würde ihre Arztrechnungen bezahlen. „Wir werden die besten Spezialisten finden, Ari", sagte er ihr, „wir werden nicht aufgeben."

Arias ganzes Auftreten wurde weicher und sie kam oft, um mit Berry zu spielen und mit ihnen zu Abend zu essen. Als ihre Ärzte ihr sagten, dass sich ihr Krebs nur an einer Stelle in ihrem Körper, ihrer Niere, ausgebreitet hatte, hatte Aria endlich etwas Hoffnung.

Sunday und Rivers Beziehung wurde enger, während sie gemeinsam an der Geschichte arbeiteten. Spät in einer Nacht, als sie nach dem Sex beieinander lagen, spreizte River seine Finger über ihren Bauch. „Eines Tages."

„Eines Tages", stimmte sie zu und lächelte ihn an. „Ich werde mich deswegen nicht stressen. Es wird passieren, wenn es passiert."

SIE BEGANNEN, SELBSTGEFÄLLIG ZU WERDEN. SUNDAY fuhr oft los, um Berry von der Schule abzuholen und obwohl River wollte, dass sie einen Wachmann mitnimmt, weigerte sie sich oft. „Ich werde mich nicht einsperren lassen, Riv", sagte sie entschlossen. „Er kann in einem Auto hinterherfahren. Aber ich muss meine Britney Spears kanalisieren, wenn ich fahre, und niemand sollte gezwungen werden, das zu hören."

River kicherte. „Gut. Aber er bleibt hinter dir."

„Kein Problem."

Sunday wusste, dass es ihr Glück ausmerzen würde, den Leibwächter nicht mitzunehmen. Die Anrufe und

Blumen hörten auf zu kommen und sie hoffte, dass ihr Stalker endlich aufgegeben hatte.

Sie parkte das Auto vor der Schule und stieg aus und nickte dem Bodyguard im Auto dahinter zu. Sie ging auf den Schulhof und erwartete, dass Berry auf sie wartete. Es war niemand da und mit Stirnrunzeln ging sie in die Schule.

Die Gänge waren still und sie fing an, schneller zu gehen, in Richtung Berrys Klassenzimmer. Sie drängte sich hinein und blieb stehen, ihr Herz dröhnte.

Berrys Lehrerin saß da mit blassem Gesicht, während Angelina ihr eine Waffe an den Kopf hielt. Berry, ihr Gesicht von Tränen gezeichnet, lag in den Armen von Brian Scanlan, der Sunday freundlich anlächelte.

Sunday wusste es, sofort. Gott, wie konnte sie es nicht sehen? „Bitte ... wenn du willst, dass ich mit dir komme, tu ihnen nicht weh."

Brian lächelte. „Liebling, du scheinst zu denken, dass du das Sagen hast. So wird es ablaufen. Du und die Kleine werden mit mir kommen. Wenn wir aus Rockford weg sind, werde ich Angelina anrufen und sie wird diese reizende Dame hier freilassen."

„Nein." Sunday schüttelte den Kopf. „Du lässt sie und Berry hier und ich komme mit dir."

„Hmm." Brian neigte seinen Kopf zur Seite. „Lass uns einen Kompromiss machen. Angelina, erschieß die Lehrerin, ja?"

„N*ein*!" Sunday stürzte sich auf Angelina und schlug ihr die Waffe aus der Hand. „Lauf", schrie sie die Lehrerin an, die wegrannte. Brian zog ruhig seine Waffe und schoss der laufenden Lehrerin in den Rücken. Sie taumelte, ging aber weiter, bis sie durch die Tür an die frische Luft stürzte.

Angelina hatte ihre Hände um Sundays Hals gelegt, drückte, drückte. Brian, der eine schreiende Berry festhielt, schlug die Waffe auf Angelinas Kopf und sie brach über Sunday zusammen.

Sunday schob sie weg und kroch auf die Füße und keuchte nach Luft. Brian richtete die Waffe auf sie. „Dann nur wir drei."

„Bitte", flehte Sunday ihn an, „lass Berry hier. Ich komme mit dir mit ..."

„Nein. Sie ist meine Versicherungspolice. Jetzt beweg dich."

Sunday hatte keine andere Wahl, als sich zu bewegen, ihre Augen auf Berry. „Lass mich sie wenigstens halten."

Brian schubste das schreiende Mädchen Sunday zu, das sie in ihre Arme nahm. „Es ist okay, Baby, es ist okay."

Er ließ sie durch den Hintereingang gehen. Draußen konnten sie bereits Sirenen hören. „Steig ins Auto und beug dich runter. Wenn sie uns sehen, erschieße ich das Kind zuerst."

Sie gingen auf den Rücksitz seines SUV und Sunday hielt Berry fest und betete, dass die Polizei sie einholen würde, dass die Lehrerin nicht ernsthaft verletzt wurde und ihren Bodyguard alarmieren könnte.

Als sie aus der Stadt fuhren, studierte sie Brian auf dem Rücksitz. „Warst du das in New York? Cory?"

Brian lächelte. „Du hast keine Ahnung, wie lange ich auf dich gewartet habe, Marley. Keine Ahnung. Ich sah zu, wie du gegessen, geschlafen, gefickt und jahrelang gelebt hast. Ich kenne jeden Zentimeter von dir. Du warst mein, seit ich dich in der Bibliothek in Harvard sah."

Sunday keuchte leicht. „Das warst du?" Sie schnaubte in höhnischem Gelächter. „Weißt du, dass du als der Bibliotheksperverse bekannt warst? So haben wir dich alle genannt."

Ein befriedigender Blitz der Wut trat in seine Augen. „Zweifellos haben mich einige der Mädchen, die ich getötet habe, auch so genannt. Sie haben nicht gelacht, als sie starben, das versichere ich dir."

Ihr Blut wurde kalt. Sie musste Berry von diesem

Psychopathen wegbringen. „Was willst du, Scanlan? Mich töten?"

„Nicht, wenn ich es nicht muss, Marley."

„Mein Name ist Sunday."

„Wie auch immer." Er lachte kurz und spöttisch. „Sunday Scanlan klingt gut für mich."

„Ist es das, was du brauchst, um Berry gehen zu lassen? Dass ich dich heirate?"

„Unter anderem."

Gott. „Wohin bringst du uns?"

„Irgendwo, wo wir reden können. An einen Ort, wo du mir zeigen kannst, was du bereit bist zu tun, um das Leben des kleinen Mädchens zu retten – und dein eigenes."

Sunday wusste, dass sie lieber sterben würde, als sich von ihm berühren zu lassen. „Du fährst besser nach Vegas", sagte sie und hoffte, dass ihre Tapferkeit andauern würde. „Weil ich nichts tue, bis du Berry gehen lässt."

„Dann geht es nach Vegas", sagte er ruhig und durchschaute sie. „Unsere Hochzeitsnacht wird spektakulär sein." Seine Augen begegneten ihren im Rückspiegel. Sunday hielt seinen Blick so lange wie möglich, bevor sie wegblickte und sie hasste es, dass er lachte, als sie es tat. „Braves Mädchen. Jetzt bring das Kind zum Schweigen. Wir haben eine lange Fahrt vor uns."

## KAPITEL ZWEIUNDZWANZIG

River fühlte, wie sich eine eisige Ruhe in ihm einnistete, als die Polizei und sein Sicherheitsteam ihm sagten, was passiert war. „Wo sind sie jetzt?"

„Auf dem Weg aus dem Staat, denken wir. Wir überprüfen die Überwachungskameras und der Polizeihubschrauber versucht, sie aufzuspüren. Sie können nicht weit gekommen sein."

„Ich muss dabei sein", sagte er, „Ihr müsst mich mitkommen lassen."

„Sir ..."

„Es ist meine Tochter und meine ..." Er brach ab. „Meine Sunday. Meine Mädchen. Wenn ihr mich nicht mitkommen lasst, werde ich meinen eigenen Hubschrauberpiloten anheuern."

Schließlich überredete er sie, ihn in den Hubschrauber zu lassen. Eine Stunde später erhielten sie die Nachricht, dass es eine Sichtung entlang der I-70 gegeben hatte. „Wir denken, sie sind in einem schwarzen SUV. Er fährt sehr vorsichtig, unter dem Tempolimit und versucht, nicht gesehen zu werden."

River versuchte, seine Panik nicht zu zeigen. Er verfluchte sich selbst, dass er Scanlan nicht als den gesehen hatte, der er war. Welche Art von Zufall würde ihre beiden Peiniger dazu bringen, ihre Kräfte zu bündeln? Hatte Angelina gewusst, wer Scanlan war, als sie nach Colorado kam? River würde darauf wetten. Nicht, dass es ihr gut getan hätte – sie befand sich nun in Haft, angeklagt wegen Entführung und Körperverletzung mit einer Schusswaffe.

Angelina weigerte sich jedoch zu reden, aber River vermutete, dass sich das ändern würde, wenn ihr eine lebenslange Haftstrafe drohte. Als er mit der Polizei unterwegs war, war er frustriert, dass sie nicht zu versuchen schienen, das Auto anzuhalten.

„Mister Giotto, es ist eine Geiselnahme. Wir können nicht riskieren, dass er das Auto von der Straße fährt oder eine von ihnen verletzt, um zu entkommen. Wir wissen, dass er bewaffnet ist. Lassen Sie uns herausfinden, wohin sie fahren. Sobald ihm das Benzin ausgeht, haben wir ihn."

Es schien Stunden, bevor sie es ihm sagten. „Wir haben

sie gefunden. Wir denken, dass sie Richtung Vegas fahren."

Sunday hielt Berry fest, die schließlich in ihren Armen eingeschlafen war. Sunday fühlte sich angriffslustig und ignorierte Scanlan, wenn er versuchte, mit ihr zu sprechen. Er zuckte einfach mit den Achseln und sie fuhren stundenlang in Stille. Sie hatte die Hubschrauber über sich fliegen hören und wusste, dass sie verfolgt wurden, und das gab ihr Hoffnung. Sie durchlief jede Situation, in der sie ihn angreifen konnte und wäre sie allein mit ihm gewesen, hätte sie es versucht, aber sie konnte Berrys Leben nicht riskieren. Die ganze Entführung schien schäbig geplant zu sein – war er von Angelina dazu gezwungen worden, es zu überstürzen? Und wie? Er hätte sie einfach töten können. Nichts davon ergab einen Sinn.

Alles, was jetzt wichtig war, war sicherzustellen, dass Berry in Sicherheit war. Sie drückte ihre Lippen auf die Stirn des schlafenden Mädchens und wusste, dass sie, selbst wenn Berry ihr eigenes Kind wäre, sie sie nicht mehr lieben könnte. „Ich werde nicht zulassen, dass er dir wehtut, BerBer."

Scanlan traf ihren Blick im Rückspiegel. „Tu, was ich sage, und das Mädchen wird in Sicherheit sein. Sobald du sagst ich will, Sunday, lasse ich sie gehen."

Sunday sagte nichts. Sie ahnte, warum die Polizei zurückblieb, fragte sich aber, wie Scanlan sich vorstellte, dass sie ihn mit ihr davonkommen lassen würden. Vielleicht rechnete er damit, dass sie ihnen sagte, dass sie freiwillig mit ihm gegangen sei. Er war *verrückt.*

*Natürlich ist er verrückt, Dummchen,* sagte sie zu sich selbst. *Zum einen hat er jahrelang gewartet. Wahnsinnig und wahnhaft. Zu allem fähig.* „Warst du diejenige, die Cory erschossen hat? Mich angeschossen?"

Scanlan schüttelte den Kopf. „Nein. Er sollte nur Cory aus der Gleichung nehmen."

Sundays Augen füllten sich mit Tränen. „Bastard. Cory war ein Mann, der millionenfach besser war als du."

„Du wirst noch lernen, wer ich bin", sagte er ruhig. „Wenn du das tust, wirst du es verstehen."

„Dass du wahnhaft bist? Ich glaube, das habe ich verstanden." Sie konnte nicht anders, als ihn anzufauchen, aber wieder behielt er eine eisige Ruhe.

„Sunday ... unser gemeinsames Leben wird ein glückliches sein. Das kann ich dir versprechen. Du wirst daran arbeiten, mich glücklich zu machen, oder ich werde dich töten. So einfach ist das. Wenn wir verheiratet sind, werde ich uns in unser neues Zuhause fliegen lassen. Wenn du mir nicht gehorchst, werde ich der Kugel, die in deiner Wirbelsäule steckt, jederzeit ein paar weitere Kugeln hinzufügen."

Sunday war davon erschüttert. „Woher weißt du von der Kugel in meiner Wirbelsäule?"

„Ich war dort, im Krankenhaus. Ich hielt deine Hand."

Für Sunday war das Wissen, dass er dort gewesen war, während sie im Koma lag, zu viel, um es zu ertragen. Er hatte sich wirklich in jeden Teil ihres Lebens eingemischt. „Warum ich?", flüsterte sie verzweifelt. „Ich bin nichts Besonderes. Warum ich?"

„Du bist eine Göttin." Endlich klang er wütend, leidenschaftlich. „Du, Sunday, bist alles. Alles."

Sunday fragte sich, wie er so schöne Worte so schrecklich klingen lassen konnte. Sie traf seinen Blick wieder und sah ihn in seine blauen Augen. Besessenheit.

*Oh, Gott, River ... Ich glaube nicht, dass ich es schaffen werde ... Ich liebe dich.*

*Ich liebe dich.*

STUNDEN SPÄTER ERREICHTEN SIE VEGAS. SUNDAYS Augen brannten vor Erschöpfung und den stillen Tränen, die sie vergossen hatte. Berry war wach, aber verängstigt in Totenstille. Sie sah Sunday mit riesigen, verstörten Augen an und Sunday hielt sie fest.

Das Auto hielt an und Scanlan ließ sie aussteigen. Die kleine weiße Kapelle. Es war unglaublich kitschig und wäre sie dort mit River gewesen, hätten sie gelacht und herumgealbert.

Aber die Waffe, die gegen ihre Seite gedrückt wurde, war kein Grund zum Lachen. Sie sah, wie unmarkierte Autos anhielten und eine Flotte von Polizisten ausstiegen, aber Scanlan grinste sie nur an und zwang Sunday und Berry hinein.

Im Inneren stand die Empfangsdame in Alarmbereitschaft auf, als sie die Waffe sah. „Hallo", sagte Scanlan mit freundlicher Stimme. „Eine Ehe bitte. Jetzt *sofort*."

Sie wurden in die Kapelle gedrängt, ein anderes Paar sah verärgert aus, als es kurzerhand weggeschoben wurde. Sie waren weniger verärgert, als sie die Waffe sahen, eher verängstigt, als Scanlan sie mit spöttischer Höflichkeit fragte, ob sie ihre Trauzeugen sein könnten. Sie nickten beide und nahmen nie die Augen von der Waffe. Scanlan befahl dem Angestellten, sich zu beeilen.

„Wir scheinen unerwünschte Gesellschaft zu haben, also wenn wir es kurz machen könnten?"

River platzte in den Raum, gefolgt von einem Haufen Polizisten, die offensichtlich versucht hatten, ihn aufzuhalten. „Ich erhebe Einspruch", knurrte er.

Scanlan lachte. „So weit sind wir noch nicht, Arschloch."

Er griff nach Berry, aber Sunday war zu schnell für ihn. Sie stampfte auf seinen Spann und stieß Berry dann so hart wie möglich zum nächstgelegenen Erwachsenen. „Los!"

Scanlan packte sie und drückte die Waffe erneut auf sie, während River seine Tochter packte, sie an einen Polizisten weitergab und sich wieder umdrehte, um Scanlan gegenüberzustehen. Die Mündung der Waffe stieß hart gegen Sundays Rippen – wenn sie jetzt abgefeuert würde, würde ihr Herz in einer Sekunde zerfetzt werden. Rivers Augen blieben auf der Waffe.

„Scanlan, es ist vorbei. Lass sie gehen."

Brians Lippen waren gegen Sundays Schläfe gepresst. „Keine Chance, Giotto. Ich wusste irgendwie, dass es dazu kommen würde, aber wenn du hier bist, um sie sterben zu sehen, ist es umso besser."

Sunday war nicht bereit, leise zu sterben. Sie sträubte sich gegen ihn und rammte ihren Ellenbogen immer wieder in die Mitte seines Körpers. Jede Polizeiwaffe war auf Scanlan gerichtet und versuchte, einen klaren Schuss zu bekommen – wenn sie nur ...

Mit einem letzten Versuch versuchte Sunday, ihn mit ihrem Körpergewicht loszuwerden und beugte sich bei der Anstrengung vor. Schüsse ertönten ohrenbetäubend und sie fühlte, wie sie durch die Luft geschleudert wurde. Da waren Schmerzen. Der Atem in ihrer Lunge wurde aus ihr herausgedrückt.

Dann waren die Arme von River um sie herum und als sie ihre Augen öffnete, sah sie Scanlan fallen und fühlte nur Erleichterung. Sie lachte, hauptsächlich vor Schreck und blickte auf River. „Hey, Baby."

Rivers Augen waren fast verzweifelt. „Süße, halt durch, wir haben dich ... halt durch ..."

Warum sagte er ihr, sie solle durchhalten? Sie war sicher; sie war frei. „River, mir geht es gut."

Er schüttelte den Kopf und sie sah das Blut. „Nein, Baby ..."

Als das Adrenalin nachließ, begann sie den Schmerz zu spüren – einen sehr vertrauten Schmerz. *Oh, verdammt, verdammt ... nicht schon wieder ... nicht das ...* ihre Brust schmerzte ...

Rivers Stimme begann zu klingen, als ob sie aus dem Inneren eines Grabes oder vom Ende eines sehr langen Tunnels kam. „Bitte, helft uns, sie wurde angeschossen ... sie wurde angeschossen ..."

Das Letzte, woran sie sich erinnerte, waren seine schönen grünen Augen voller Tränen und seine Stimme, die sie anflehte zu leben.

## KAPITEL DREIUNDZWANZIG

„ami?"
Sunday dachte, sie würde Stimmen hören. Ihr ganzer Körper schmerzte, ihr Kopf pocht vor Schmerz. Und sie wusste, dass sie keine Mami war. Noch nicht. Vielleicht nie und nimmer.

„Mami?"

Sie öffnete ihre Augen, um ein wunderschönes, dunkelhaariges Kind mit leuchtend grünen Augen zu sehen, das von dem schönsten Mann gehalten wurde, den sie je gesehen hatte. „Bin ich tot?"

„Nein, Baby, nein." Der schöne Mann schluckte seine Tränen hinunter. „Nein, mein Liebling, es wird alles gut."

„Mami." Das kleine Mädchen streckte die Hand aus

und Sunday streckte ihre Arme aus. Er brachte das Mädchen zu ihr.

„Vorsichtig, Berry, tu Mami nicht weh."

*Aber ich bin nicht ihre Mami. Ich wünschte, ich wäre es, ich wünschte, ich wünschte ...* Aber Sunday hielt Berry fest und atmete ihren wohltuenden Geruch ein. „Hallo, Baby, Baby, Baby."

„Ich hab dich lieb, Mami." Berrys heißer kleiner Atem streichelte ihre Wange, als sie sie küsste.

„Ich wünschte, ich wäre deine Mami", Sunday begann zu weinen. „Ich wünschte, ich wäre es."

„Du bist meine Mami", sagte Berry leidenschaftlich. „Ich betete und fragte meine Mami Lindsay, ob es ihr etwas ausmachen würde, wenn ich eine neue Mami hätte. Ich sagte, ich würde sie nie vergessen, das habe ich versprochen. Daddy sagte, ich könnte zwei Mamas haben, wenn ich will."

Jetzt begann Sunday wirklich zu weinen. Rotäugig setzte sich River auf den Rand des Bettes. Sunday sah zu ihm auf. „Was ist passiert?"

„Scanlan hat einen Schuss abgefeuert, bevor sie ihn getötet haben. Er traf deinen Brustkorb und prallte ab, brach dir aber die Rippe. Sie waren besorgt, dass die gebrochene Rippe dein Herz durchbohrt hatte, aber du hattest Glück. Wir hatten Glück. Gott, Sunday, ich liebe dich so sehr ... Ich hatte solche Angst, dass ich dich verloren habe."

„Niemals", sagte sie. „Du wirst mich nie verlieren."

Er beugte sich nach unten und küsste ihren Mund. „Das sind wir. Das ist unsere Familie."

„Und wir sind unzerbrechlich", sagte sie leidenschaftlich.

Berry sah sie an. „Daddy, Mami ... wann werdet ihr heiraten?"

River grinste und sah auf Sunday. „In der Minute, in der Mami ..."

„Ja sagt", beendete Sunday für ihn und sie lachten. „Verdammt, ja."

Berry sah begeistert aus, aber sie verzog auch ihr Gesicht. „Du hast ein böses Wort gesagt."

„Das habe ich – vergib mir?"

Berry nickte und sie lachten. River streichelte Sundays Haare. „Du hast noch andere Besucher. Carmen, Daisy und Aria sind draußen."

„Nun, bring sie rein! Ich brauche ein paar Trauzeuginnen, die zu meinem Blumenmädchen passen."

CARMEN, DAISY UND ARIA UMARMTEN SIE ALLE SANFT

und Sunday war von der Liebe ihrer Freunde überwältigt. Ihrer Familie.

River entschuldigte sich kurz darauf und kam eine Stunde später wieder zurück. „Schatz, es gibt hier einige Leute, die dich sehen wollen ... kann ich sie bitten, reinzukommen? Du bist nicht zu müde, oder?"

Sie schüttelte den Kopf, neugierig darauf, wer es war. Carmen, Daisy und Aria waren eindeutig in das Geheimnis eingeweiht, weil sie alle grinsten und neben ihr Platz machten. River schob seinen Kopf aus der Tür. „Ihr könnt jetzt reinkommen."

Die erste Person, die durch die Tür kam, raubte Sunday den Atem. Rae, ihre Assistentin aus New York, weinte und stürzte sich auf Sunday, die in Tränen ausbrach und ihre alte Freundin fest umarmte. Ihr alter Chef und ein Teil des alten Teams waren als nächstes dran und dann schließlich ein Besucher, mit dem weder Sunday noch Marley gerechnet hatten, dass sie sie jemals wieder sehen würden.

Patricia Wheeler, Corys Mutter, stand in der Tür und sie sahen sich gegenseitig an. Für einen Moment sagte keiner von beiden etwas. Dann streckte Patricia ihre Hände aus und sagte einfach: „Verzeih mir, Liebling. Ich hätte dich nie im Stich lassen sollen."

Als die beiden Frauen sich fest umarmten, blickte Sunday über Patricias Schulter auf ihre Familie, ihre erweiterte Familie und dann auf ihren Liebsten. River. „Danke", formte sie ihm zu, „und ich liebe dich."

EINEN MONAT SPÄTER, ZURÜCK IN COLORADO, beruhigten sich ihre Leben wieder und Sunday ging los, um River zu finden. Er war in seinem Atelier und malte, entschlossen, mit seiner neuen Realität zu arbeiten. Die Farben in seinen Augen verblassten jetzt schnell, aber er wollte sich damit abfinden.

Sie ging zu ihm, schob ihre Arme um ihn herum und fühlte, wie er ihre Stirn küsste. „Hey, Baby."

Sie sah zu ihm auf. „Hey, mein Hübscher. Ich bin fertig damit."

„Mit den Tagebüchern meines Vaters?"

Sie nickte und er atmete tief ein und wartete darauf, dass sie ihm sagte, was sie wusste.

Sunday lächelte ihn an. „Er wusste nichts, Riv. Er wusste nichts davon, dass sie dich missbraucht hat."

Die Erleichterung war offensichtlich. Rivers Körper sackte ab und er stieß einen langen Atemzug aus. „Gott sei Dank. *Gott sei Dank.*"

„Die Krone auf dem Ganzen ist ... er wusste, dass er einen Fehler gemacht hatte, als er sie geheiratet hat. Er hatte vor, sich von ihr scheiden zu lassen; er hatte sie bereits aus dem Testament gestrichen, wie du weißt. Alles, was ihn interessierte, warst du."

River lehnte seinen Kopf an ihren. „Ich bin froh, dass er es nicht wusste, um seinetwillen und um meinetwillen. Es hätte ihn umgebracht."

„Er liebte dich so sehr, River, und er war so stolz auf dich. So, so stolz auf den Mann, der du geworden bist."

„Danke, Baby. Gott ..." Er hob sie hoch und wirbelte sie herum und Sunday kicherte. Als er sie absetzte, drückte er seine Lippen an ihre. „Wir sollten feiern."

Er knöpfte bereits ihre Shorts auf, als sie ihn anlächelte. „Nun, Berry schläft ..."

„Dann sollten wir nicht zu laut sein."

„Viel Glück dabei", lachte sie, als er ihr Hemd von den Schultern schob und sie anfingen, bis weit in die Nacht Liebe zu machen.

**DAS ENDE**

©**Copyright 2020 Jessica Fox Verlag - Alle Rechte vorbehalten.**
Das Werk, einschließlich aller seiner Teile, ist urheberrechtlich geschützt. Jede Verwertung ist ohne Zustimmung des Verlages und des Autors unzulässig. Dies gilt insbesondere für die elektronische oder sonstige Vervielfältigung. Alle Rechte vorbehalten.
Der Autor behält alle Rechte, die nicht an den Verlag übertragen wurden.

❧ Erstellt mit Vellum

Milton Keynes UK
Ingram Content Group UK Ltd.
UKHW041825051023
429998UK00001B/5